연애는 광고다

연애는 광고다

연애,
그 인생최대혼란의
47가지 현실원칙

여성욱 지음

arte

contents

2장 문을 열 때는 친구, 문을 나올 때는 연인

3장 연애할 때 당신과 나 사이에 있는 것

4장 마음은 형태를 취한다

5장 우리는 같은 시간을 살고 있다

6장 연애는 달콤씁쓸하다

프롤로그

당신과 나는 소중하다

시인의 눈에는 세상 모든 것이 시로 보이듯이 연애에 대한 글을 쓰다 보니 세상 모든 것을 연애의 관점에서 보게 됩니다. 공포영화를 봐도 남자주인공이 여자주인공을 좀더 배려했어야 될 것 같다는 생각이 들고, 노래를 들어도 연인과 헤어지고 슬퍼할 게 아니라 먼저 대화를 했어야 할 것 같다는 생각이 듭니다.

원래 마케팅과 광고에 관심이 있었고 잠시나마 그 분야의 일을 했던 터라 틈이 나면 해외광고제 수상작을 살펴보는데 언제부터인가 기발한 광고를 보면서 연애에 대한 생각이 떠오르기 시작했습니다.

생각해보면 연애와 광고는 비슷한 점이 제법 많습니다. 상대에 대한 뚜렷한 목적이 있고, 그 목적을 강요하기보다는 설득하고, 상대가 생각하지 못한 것을 보여주면서 깜짝 놀라게 하기도 합니다. 무엇보다 중요한 것은, 광고와 연애 모두 나의 입장이 아닌 상대의 입장에서 더 많이 생각할 때 성공한다는 점입니다.

광고든 연애든 '역지사지易地思之'를 잘해야 한다는 것입니다. 좋은 광고에서는 절대 우리 회사 제품이 좋으니까 다른 회사 제품을 사지 말고 우리 제품을 사라고 말하지 않습니다. 좋은 광고일수록 소비자를 존중합니다. "당신은 소중한 사람입니다. 우리 회사는 당신처럼 소중한 사람을 위한 제품을 만들고 있습니다. 한번 써보지 않으시겠어요?"라고요.

연애도 이와 같은 메시지를 전해야 하지 않을까요? 불안하고 갈등 많은 연애를 하는 사람들의 이야기를 들어보면 언제나 머릿속이 자기 중심적인 생각으로 가득 차 있습니다. 외부의 기준을 끌어들여서라도 객관적으로 상대가 잘못한 게 아니냐면서, 자신이 맞고 상대는 틀린다고 말하죠. 반대로 안정적인 연애를 하는 사람들은 다르게 말합니다. "하긴…… 만난 지 오래되었으니 상대 입장에서는 그럴 수도 있겠네요."라고.

물론 역지사지가 말처럼 쉽지는 않습니다. 아무리 상

대의 입장에서 생각하려고 해도, 마음 한구석에서는 "나라면 이렇게 하지 않을 텐데……"라든가 "대체 왜 이러는 거야?"라는 물음표가 떠오르고, 상대의 입장에서 생각해보기 전에 그 사람을 이해할 수 없는 존재라고 단정짓게 됩니다.

심리상담 기법 중 하나인 NLP(신경언어프로그래밍)에는 "모든 행동의 기저에는 긍정적인 의도가 있다"라는 대전제가 있습니다. 조금 쉽게 이야기하면, 사람들은 자신에게 어떤 식으로든 득이 되는 행동을 한다 정도가 될 것 같습니다.

앞으로는 상대의 행동을 보면서 "나라면 이렇게 했을 텐데…… 저 사람은 왜 저럴까?"라고 생각하기보다는 "이 행동이 상대에게 어떻게 득이 될까?"라고 생각해보세요. 예를 들어, 썸남이 애매하게 행동한다면 "나한테 호감은 있는 것 같은데. 대체 왜 이렇게 애매하게 구는 거야?"라고 생각하기보다는 "이렇게 애매하게 행동하면 썸남에게 어떤 점이 득이 될까?"라고 생각해보는 거죠. 그러면 곧 깨닫게 될 거예요. "아! 먼저 고백하는 게 창피하겠구나! 확신이 없어서 망설이는 것일 수도 있고. 어쩜 나처럼 우리 사이가 애매하다고 느끼고 있는 것일지도 모르겠다."

라고 말이죠. 그렇다면 할 일은 정해졌습니다. 상대가 조금 더 확신을 가질 수 있게 내가 먼저 더 다가가고, 애매한 관계가 아닌 확실한 관계로 발전할 수 있다는 것을 어필하면 되겠죠?

자기 중심적인 시각에 갇혀 저 사람을 이해할 수 없다며 답답해하지 말고 숨은그림찾기를 하듯 상대의 행동에서 그 사람의 긍정적인 의도를 찾아보세요. 당신의 연애가 한결 쉬워집니다.

그런 의미에서 이 책에 수록된 47장의 광고는 훌륭한 연애처방전이 되어줄 것입니다. 언뜻 보면 무슨 말인지 알 수 없다가도 그 의미를 알게 되면 무릎을 탁 치며 "아! 이런 뜻이구나!"라고 애매했던 이미지가 순간적으로 선명해지는 경험을 하게 될 것입니다.

1장 인생에는 연애가 있다

푸마 조깅대회(호주)

솔로탈출을 꿈꾼다면 당장 밖으로 나가라.
영어학원을 다니든 사진동호회에 나가든 크로스핏을 시작하든
무조건 나가라. 당신이 원하는 이성은 집 밖에 있다.
혹시 아는가? 호주에서 진행된 푸마의 조깅대회 포스터처럼
운동하다 눈이 맞아 단번에 솔로에서 탈출하게 될지도.

무조건 밖으로 나가라

커플을 만드는 마법의 주문은 없다

솔로들이 던지는 질문이 당황스러운 이유는 바로 그들의 태도에 있다. 그냥 자리에 앉아서 자신의 이상형이 다가오는 마법의 주문을 바란다. "저 솔로인데요. 솔로에서 탈출하려면 어떻게 해야 하나요?"라고 막연한 질문을 던진다. "그러면 우선 동호회나 술자리 모임 등에 자주 참석해보세요."라고 나는 친절히 답을 해준다. 그런데 언제나 돌아오는 대답은 하나같다. "제가 좀 바빠서 참석할 시간이 없어요." "억지로 인연을 만들고 싶지는 않아요." "많은 사람들 앞에서는 자신이 없어요."라는 대답으로 나의 인내심을 시험한다.

혼자 보내는 시간과 솔로탈출 확률은 반비례한다

혹시 이 글을 읽고 마음속으로 뜨끔해하는 솔로가 있다면 꼭 기억하자. 당신이 혼자 보내는 시간과 당신의 솔로탈출 확률은 정확히 반비례한다. 솔로들에게 적극적으로 움직이라고 충고하면, 그들은 "세상의 절반은 이성인데 꼭 그렇게까지 해야 하나요?"라고 반응한다. 물론 그 말은 맞지만, 그들이 깜빡 잊고 있는 사실은 그 절반의 이성이 모두 밖에서 돌아다니지 자신의 집 안에는 없다는 점이다.

한번은 술자리에서 모태솔로인 친구가 내게 조언을 구했다. 눈물이 그렁그렁한 눈으로 자신도 솔로에서 탈출할 수 있는지 물었다. 그때 나는 술에 취해서 별생각 없이 농담 반 진담 반으로 "솔직히 좀 힘들지. 스타일도 그렇고, 사고방식도 그렇고, 하루 아침에 솔로에서 벗어날 수 있겠냐. 매일같이 봉사활동을 하는 천사표 여자라면 또 모를까." 라고 웃어넘겼다. 그 친구는 내 말을 진심으로 받아들였고 그날로 자원봉사를 시작해서 몇 달 후 정말 매일같이 봉사활동을 하는 천사표 여자친구를 사귀게 되었다.

"정말 운이 좋았다." 그 친구의 솔로탈출 소식에 다른 친구들이 보인 반응이었다. 하지만 그 친구의 눈물겨운 이야기를 들어보니 탈출자격이 충분했다. 그 친구는 매주 주말마다 봉사활동을 다녔는데, 사전에 봉사단체의 사이트, 카페 등을 찾아 남녀성비를 철저히 조사하는 것은 물론 봉사단체 게시판의 글을 읽으며 분위기를 파악해서 자신이 자연스럽게 그 일원으로 들어갈 수 있는지까지 계산했다(이때 나는 솔로가 얼마나 집요한 분석가가 될 수 있는지 알 수 있었다). 이런 각고의 노력 끝에 현재 이 친구는 천사표 여자친구와 매주 데이트와 봉사활동을 병행하며 달콤한 연애를 하고 있다.

만약 이 친구가 집구석에서 랜덤 채팅이나 소개팅 어플들을 이용해 여자들에게 하릴없이 수작을 걸었거나, 자신이 얼마나 재미없는 사람인지 잘 알고 있는 여자지인들에게 속이 뻔히 보이는 안부문자나 보내고 있었다면 과연 솔로에서 벗어날 수 있었을까?

그리고 꼭 이 친구처럼 철저히 분석을 해야 인연을 만날 수 있는 것도 아니다. 지난 여름 동네 포장마차에 소주 한잔하고 싶어서 근처에 사는 P양에게 전화를 했다. "지금 포장마차로 나오라고? 나 지금 제주도에 와 있어." 어? 뜬금없이 웬 제주도? 나중에 이야기를 들어보니, 요즘 제주도의 게스트하우스에서 주말 밤에 열리는 파티가 정말 핫하다고 한다. 파티에서 자연스럽게 여행 이야기를 하며 서로에 대해 알아갈 수 있어서 로맨틱한 분위기가 조성된다는 것이었다. 물론 그런 기회 역시 자리를 박차고 밖으로 나가야 생긴다.

이제 더 이상 '나 홀로' 상태가 싫다면 당장 집에서 나와라. 솔직히 당신이 스타일과 화술에 자신이 있다면 몰라도(자신이 있으면 솔로일 리 없겠지만) 급만남은 시도도 하지 마라. 차라리 그 시간에 회화학원에 등록하거나 동호회 활동을 시작하라(남자 솔로들에게 강추한다. 여자 솔로들이라면 스킨스쿠버 동호회를 추천한다).

물론 그래도 안 될 거라는 의심이 당연히 들 것이다. 솔로가 동호회에 나가서 모두 솔로탈출에 성공한다면 이 세상에서 가장 수익성 높은 사업이 아마 동호회 관련 사업이 될 것이다. 당신의 예상대로 집 밖으로 나가 자신을 던진다고 해서, 도깨비 방망이를 두드리면 원하는 물건이 나타나듯이 당신의 반쪽이 눈 앞에 나타나지는 않을 것이다.

세상에 자신을 던져라

하지만 당신이 고독한 집에서 벗어나 이성이 모이는 세상에 자신을 가차없이 던진다면, 자신의 부족한 점을 발견할 것이고 그 부족한 점을 적극적으로 극복하려고 노력하게 될 것이다. 또한, 주변에 이성에게 인기 있는 사람들을 접하면서 그 사람의 장점을 자신도 모르게 배울 수도 있다. 무엇보다도 사회활동을 활발히 하면 할수록 밝고 유쾌하고 매력 넘치는 성격으로 (아주) 조금씩 변할 것이고, 그런 변화와 함께 당신의 반쪽이 당신 앞에 나타날 확률은 수직 상승할 것이다.

그러니, 앞으로는 집에서 혼자 술잔을 기울이며 왜 자신이 솔로인지 알 수 없다며 한탄하지 마라. 차라리 밖으로 뛰쳐나와서 당신 자신이 얼마나 재미없는 사람인지 잘 모르는 이성에게 물어보자. "왜 제가 솔로일까요?" 혹시 아는가? 그 물음에 그 사람이 당신의 반쪽이 될지 말이다.

솔직히 인정하자. 당신은 능력자가 아니다. 집에서 SNS에 올린 당신의 사진 몇 장에 이성이 우르르 몰려와 댓글을 달던가. 어서 집에서 나와 세상의 이성에게 자신을 알리고 어필하자.

로벤타 진공청소기(독일)

스펙이 부족하다고 미리 겁먹지 마라.
외모와 재력, 유머를 다 갖추면 더할 나위 없이
좋겠지만,
그 조건을 다 갖춰야 연애를 할 수 있는 것은 아니다.
우리는 세상 사람 전부를 유혹하려는 것이 아니다.
74억 인구 중에서 한 명만 유혹하면 된다.
그 한 명에게 확실하게 자신을 보여라.
단점은 적당히 보완하고 장점은 더 돋보이게.
"하나라도 확실히 잘하면 된다."

하나라도 확실히 잘하라

단점은 인정하되 장점은 갈고 닦아라

지난 번 파티에 참석한 회계사 H군에게 솔로기간이 길었던 이유를 물었다. H군은 "그동안 일에 빠져 있어서 연애할 시간이 없었어요."라고 대답했다. 이 대답을 듣고 나는 또 물었다. "그러면 H군 동료들은 다 지금까지 솔로인가요?"

솔로기간이 과도하게 길다면, 단순히 당신이 이성을 만날 기회가 많지 않았다는 이유보다는 당신이 이성으로서의 매력이 부족하고 누군가의 연인이 되기에는 치명적인 단점이 있다는 사실을 시사한다. 그러니, 제발 "여중, 여고, 여대를 나왔어요." "남중, 남고, 공대를 나왔어요." "우리 회사에는 남자 직원(여자 직원)이 없어요." "시험 준비하느라 정신 없었어요." 따위의 변명은 하지 말자. 당신과 똑같거나 당신보다 더 안 좋은 조건에서도 사랑의 꽃을 피우는 사람들이 얼마든지 있다.

솔로로 지낸 지 1년이 넘는가? 그렇다면 자신이 내적이든 외적이든 이성으로서의 매력이 심하게 떨어진다는 점을 인정하자. 그다음에는 자신의 단점을 좀더 자세하게 파악해보자. "내 외모가 별로인가?" "옷을 너무 대충 입고 다니나?" "요새 허리 사이즈가 늘어났나?" "저번에 소개팅 자리가 어색했던 게 내가 분위기를 못 맞춰서 그런가?" 등 자문해보자. 이 질문들에 대한 답이 나왔다면, 그 대답을 미화해서 자기합리화에 빠지거나 단점을 과도하게 부풀려 자기비하에 빠지지 말고 자신의 모습을 있는 그대로 받아들이자.

그다음 단계로, 자신만의 장점을 찾아보자. "내 외모가 좀 별로지만 말은 좀 하는 편인데……." "내가 수줍음은 많지만 옷은 좀 잘 입는다는 소리를 듣는데……." "다른 건 몰라도 매너는 좋잖아." 등 특별해 보이지 않는 당신도 조금만 관심을 기울여 자신을 들여다보면 나름의 장점을 찾아낼 수 있다. 장점을 찾았다면 그 장점만큼은 다른 사람보다 월등해질 수 있도록 노력하자. 당신이 말을 잘 풀어가는 스타일이라면 대화를 나누면서 상대가 "아니, 사람이 이렇게 재치있게 말을 할 수 있지?"라는 생각이 들도록 만들라는 뜻이다.

착한 것은 장점이 아니다

사람의 장점으로는 여러 가지가 있겠지만 단순히 착하다는 것은 장점이 아니다. 물론 '착하다'는 것이 인간적인 매력이 될 수는 있지만 이성적인 매력이 될 수는 없다는 뜻이다. 당신이 얼마나 착한지 모르지만, 테레사 수녀 정도의 선함이 아니라면 결코 이성에게 어필할 수 없다. 그 이유는 간단하다. 대부분의 사람들이 자신의 본성과는 관계없이 좋아하는 사람에게는 착하기 때문이다.

"내가 다른 사람들보다는 좀 착해." "사람들이 내게 착하다고 하는데 그게 내 장점인가?" "내가 다른 건 부족해도 상대를 배려하는 마음만큼은 탁월해." 등의 생각을 하고 있다면 당장에 버려라. 고무장갑에 방수기능이 있는 게 당연하듯이, 연인으로서의 '착함' 역시 아주 당연하고 흔하디 흔한 요소이다.

'착함'으로 이성을 유혹하고 싶다면 '착함'에 '센스'를 더해야 한다. 예를 들어, 남자의 입술이 많이 튼 모습을 봤다면 립밤을 꺼내 슬쩍 발라줘보자. 짧은 치마를 불편해하는 여자에게는 말하지 않아도 자신의 재킷을 벗어서 건네주거나 종업원에게 무릎담요를 부탁해보라. 카운터에서 남자가 지갑을 꺼내는 사이에 불쑥 자신의 카드를 내밀어 식사비용을 결제하는 것도 한번 해보라.

당신의 가치를 알아주는 사람을 만나라

당신이 물건을 판다고 가정해보자. 어떤 사람을 찾아야 할까? 당연히 당신이 파는 물건을 필요로 하는 사람들에게 가야 한다. 얼마 전에 미국의 한 경매장에서는 5센트짜리 동전(약 55원) 1개가 317만 달러(약 35억 원)에 낙찰되었다고 한다. 이 동전은 조폐공사 직원이 비밀리에 불법으로 단 5개만 찍어낸 동전 중 하나로, 교통사고 현장에서 발견되었고 감정사의 오류로 위조품 판정을 받고 40여 년간 서랍에 방치되었다는 특별한 사연이 있었다. 이 동전의 가치를 알아본 사람이 35억 원이라는 거금을 들여 낙찰받은 것이다.

만약 어떤 사람이 그 동전을 들고 당신에게 찾아와 1억 원에 팔겠다고 하면, 당신은 선뜻 구매할까? 절대 그렇지 않을 것이다. 아무리 매스컴에서 그 주화의 가치에 대해

거품을 물며 치켜세워도 당신은 그 주화의 가치를 잘 알지 못하는데다 알고 싶어 하지도 않을 것이기 때문이다.

> 연애는,
> 꼭 자신이 미치도록
> 사랑하는 사람을
> 만나야 하는 것이
> 아니다. 당신의 매력과
> 가치를 알아볼 사람을
> 찾아야 한다.
> 열 번 찍어 안 넘어가는
> 나무가 없다는 말은
> 전국나무꾼협회에서나
> 꺼내라.

그런 점에서, 당신이 좋아하는 사람에게 당신의 매력을 강요하기보다는 당신의 매력과 가치를 알아볼 사람을 찾아야 한다. 열 번 찍어 안 넘어가는 나무가 없다는 말은 전국나무꾼협회에서나 꺼내라. 싫다는 사람에게 세 번 이상 찾아가 고백하면 경찰청 최신상 실버뱅글을 찰 수 있는 세상이다.

연애는, 꼭 자신이 미치도록 사랑하는 사람을 만나야 하는 것이 아니다. 불타는 사랑을 쟁취하기보다는 오히려 당신의 가치를 알아보는 사람과 따뜻한 관계를 만들어가는 것이 더 현실적인 연애이다.

피트니스 센터 Companhia Athletica(브라질)

혼자만의 시간은 확실히 필요하다.

그렇지만 혼자 있는 시간만큼 사람들과 어울릴 시간도 필요하다.

혼자 있던 시간만큼 자기 자신을 밖으로 내몰아라!

계속 홀로 지내면 자신도 모르는 사이에

카드로 혼자만의 성을 쌓게 될지도 모른다.

혼자만의 시간에
너무 심취하지 마라

하루는 신나게 음주가무를 즐기다 차가 끊겨서 근처의 친구 집에서 자게 되었다. 친구가 먼저 씻는 사이에 블로그 댓글을 확인하려고 컴퓨터를 켰다.

누가 만년솔로 아니랄까 봐 바탕화면 가득 깔려 있는 게임 바로가기 아이콘과, 웬만한 DVD방보다 더 많은 영화가 구비된 영화 폴더, 애니와 일드, 미드, 예능 동영상 폴더, 그리고 좋게 말해서 정말 방대한 또 하나의 폴더에 감탄하며 인터넷 브라우저를 실행해 새 탭을 눌렀더니, 자주 방문하는 사이트로 듣도 보도 못한 각종 채팅사이트 목록이 나왔다. 내가 할 수 있는 일이라고는 조용히 컴퓨터를 끄는 일뿐이었다.

외로움을 다른 것으로 채우지 말자

솔로생활이 길어지는 사람들에게는 특징이 있다. 외로움을 잊게 할 무언가를 찾고 그것에 의존하는 것이다. 하지만 외로움은 근본적으로 타인과의 교류를 통해서만 메워지기 때문에 사람이 아닌 다른 것으로 공허함을 메우려 하면 할수록 더 외로워진다. 이런 상태가 지속되면 나중에는 사람을 만나고 연애를 하는 것이 귀찮은 지경에 이르게 되는데, 정확하게는 현실에서 이성을 대하는 방법을 잊었다는 게 옳은 말일 것이다.

물론 혼자만의 시간이 필요없다는 뜻이 아니다. 혼자만의 시간을 가지며 휴식을 취하는 것도 아주 중요하다. 하지만 연애를 너무 쉽게 보지는 말자. 연애에도 감이 필요하다. 평소 연애를 하지 않더라도 이성과 원만한 관계를 유지한 사람들은 때가 되면 자연스럽게 연애를 시작하지만, 한동안 자기 생활에만 몰두했던 사람들은 이성을 대하는 데 여간 힘들어하는 것이 아니다.

선인장에도 가끔은 물을 줘야 한다

인간은 사랑을 필요로 한다. 누구나 사람을 만나고 사랑을 하고 사랑을 받고 싶어 한다. 이는 선택의 문제가 아

> "연애를
> 선인장쯤으로 생각하자.
> 바쁘다면 당분간
> 관심을 가지지 않아도
> 괜찮다. 그렇지만 아예
> 관심을 꺼버리지는
> 말자. 때때로 물을 주지
> 않으면 선인장도 말라
> 죽는다."

니라 우리가 태어날 때부터 가지고 있는 욕구이다. 굳이 결혼을 하지 않아도 딱히 연인이 없어도 사람이라면 지속적으로 여러 사람을 만나야 외로움을 잊고 성장한다.

지금 당신이 이성을 만나지 않고 어떤 것에 집착하고 있다면, 그것은 당신의 취향이나 선택이 아니라 외로움과 허전함을 메우기 위한 임시방편일 확률이 높다. 당장 거리로 나가서 이성을 유혹하라는 말이 아니다. 평소에 배우고 싶던 악기를 배우러 음악학원을 다니거나 좋아하는 취미 동호회에 가입해서 이성과 접촉할 수 있는 기회를 늘리고 마음에 드는 사람이 생긴다면 유혹해보라. 유혹은 특별한 능력이 있는 사람만 하는 게 아니다. 인간이라면 누구나 자신을 남에게 알리고 유혹할 수 있다.

연애를 선인장쯤으로 생각하면 어떨까? 당장 바쁘고 다른 일에 몰두해 있다면 당분간 관심을 가지지 않아도 괜찮다. 그렇지만 아예 관심을 꺼버리지는 말자. 때때로 물을 주지 않으면 선인장도 말라 죽는다.

무설탕 츄파춥스(스페인)

주위를 둘러보면 분명 예쁜데도
항상 외롭다는 말을 달고 사는 여자가 꽤 있다.
남자는 예쁘면 다 된다던데…….
요즘 남자들의 눈은 정수리에라도 달린 걸까?
"어머, ○○씨는 남자들에게 인기 많겠어요."라는 남들의 말에
그녀가 쓴웃음만 짓고 있다면, 이유가 다 있는 법이다.

예쁘다고 무조건 OK는 아니다

남자가 파고들 틈조차 주지 않는 철벽방어의 그녀

주변에서 예쁘다, 참하다, 인기 많겠다는 칭찬을 듣는데도 남자가 다가오지 않는다면 자신의 행동을 돌이켜보자. 혹시 남자 앞에서 아무 말도 하지 않고 무표정으로 있지는 않는가? 남자가 말을 걸 때 (대외용) 미소조차 없이 어색하게 대답하지는 않는가?

남자들은 예쁜 여자를 좋아한다. 하지만 동시에 예쁜 여자를 어려워한다. 예쁜 여자가 앞에 있으면 남자들은 이렇게 생각한다. "분명 남자친구가 있을 거야." "내가 말을 걸어봐야 퇴짜를 놓겠지?" "외모가 되니 분명 명품을 밝힐 거야."라고 생각하며 말 한마디 나눠보지 않았으면서 부정적인 선입견으로 여자를 대한다. 상대에 대한 부정적인 생각을 하며 자신이 용기가 없어서 다가가지 못하는 행동을 합리화하는데, 이를 '신포도 이론'이라고도 한다.

당신도 그렇겠지만 남자도 거절을 두려워한다. 특히 예쁜 여자를 일단 어렵게 생각하는 남자 입장에서 무표정의 미녀는 입사면접 심사위원보다 더 부담스러운 존재일 수밖에 없다.

지인 중에 소문난 철벽방어를 자랑하는 Y양이 있다. 교내잡지의 표지모델을 할 정도로 예쁜 외모에 수영으로 다진 탄력 있는 몸매, 학교에서 트레이닝복을 입고 다녀도 남자들이 따라다닐 정도로 매력이 넘치지만 Y양은 항상 솔로이다. 그나마 친한 남자는 모든 여자를 남자 대하듯 하는 내가 유일하다.

한번은 Y양이 "오빠, 왜 나한테 괜찮은 남자가 안 생기지?"라고 물었는데, 그 이유는 간단했다. 외모에 끌려서 그녀에게 다가왔던 남자들도 Y양의 무표정에 용기를 잃을 수밖에 없었던 것이다. 그나마 그녀의 철벽방어를 열심히 뚫어보려고 노력하는 남자들은 대부분 얕은 연애지식과 가벼운 밀당으로 다가왔으니 그녀의 마음에 들 리가 없었다.

최근에도 일곱 살 연상의 남자에게 호감을 갖게 되었

다고 설레던 Y양이 "그런데, 어떻게 웃으며 먼저 인사를 해요? 막 오버한다고 여기면 어쩌죠?"라고 묻는 걸 보니, 그녀의 갈 길이 아직 먼 것 같다.

별것도 아닌 것도 다 트집 잡는 예민한 그녀

"아니, 소개팅인데 어떻게 패딩을 입고 올 수 있어요?"라고 짜증을 내는 L양. 상대를 만나보니 훈남은 훈남인데 소개팅에 패딩을 입고 온 모습을 보니 그 자리를 진지하게 여기지 않는 것 같다는 이야기였다. 이건 약과다.

"서로 안 지 얼마 되지도 않았는데 주말에 술을 마시자고 해요. 이 남자 절 가볍게 보는 건가요?" "소개팅에 나갔는데 남자가 아무 예약도 안 했더라고요." "만나기로 한 날 회사 앞에서 에스코트 좀 해달라고 했더니 야근 때문에 힘들 것 같다고 해요." 등 내 머리로는 생각할 수도 없는 일들을 예민하게 콕 집어서 트집 잡는 여자가 있다. 아무리 얼굴이 예뻐도 모든 남자가 손사래를 치는 여자이다.

이런 예민함에는 크게 두 부류가 있다. 남자의 의무를 들먹이는 '남자니까 유형'과 스킨십에 유난히 예민한 '소녀감성 유형'이 있다. '남자니까 유형'의 여자는 하나부터 열까지 매너를 들먹이며 남자를 피곤하게 한다. 처음에는 외모에 푹 빠져 다가왔던 남자들도 얼마 버티지 못하고 육두문자를 날리며 등을 돌린다. '남자니까 유형'의 여자는 모든 것을 포기하고 자신에게만 헌신할 수 있는 남자를 만나야겠지만, 취향이 하이클래스이기 때문에 이 또한 쉽지 않은 일이다.

'소녀감성 유형'은 스킨십에 대해 과할 정도로 예민해서 손을 잡거나 어깨나 팔을 툭 치는 것에도 예의를 따지며 정색하거나 심각하게 고민을 한다. 물론 20대 초반에는 남자들이 '도도한 여자' 정도로 생각해주지만, 20대 중반을 넘어서면 "뭐야, 저 여자, 무서워……."라고 떠나기 시작한다. 특히 대화 중에 성에 관한 이야기가 나왔을 때 단호하게 혼전순결을 외치거나 스킨십은 1년 후에나 하겠다는 투로 말하면, 남자는 당신을 일그러진 시공간의 틈으로 타임슬립한 조선시대 여자라고 생각할 것이다(그리고 떠날 것이다). 이런 경우 자신이 생각하는 성적 가치관을 지인들과 공유하며 어느 정도 현실적으로 조율한다면 큰 문제는 없을 것이다.

좋은 게 좋다는 생각을 하는 대다수 남자들은 '남자니까 유형'이든 '소녀감성 유형'이든 여자의 예민한 태도를 아주 질색한다. 예민함이 당신의 취향일 수는 있지만 그 취향이 남들을 피곤하게 하지는 않는지 생각해보자.

쿨함을 빙자한 무매너의 그녀

'키 170센티미터에 몸무게 53킬로, 연예기획사 캐스팅 제의를 수시로 받았음.' 이런 이력의 여자가 몇 년째 솔로라면 믿겠는가? (물론 중간중간 짧은 만남은 있었다.) 다름 아닌 그녀의 문제는 쿨함을 빙자한 무매너였다.

초면에 다짜고짜 "살이 많이 찌셨네요?" "차는 뭐 타고 오셨어요?" "제 스타일이 아니시네요." 등의 막말을 던지는 그녀 덕분에 소개팅을 주선했다가 죽을 고비를 몇 번 넘겼다. "너 대체 왜 그래?"라는 내 질문에 그녀는 심드렁하게 대답했다. "뭐가. 난 그냥 솔직한 거야."

남자들이 "○○씨는 정말 솔직하시네요……."라고 말한다면 남자의 표정부터 잘 살펴보자. 혹시 미간에 주름이 잡혀 있고 한쪽 입꼬리가 올라가 썩소를 짓고 있지는 않은가? 솔직함은 좋다. 하지만 당신의 솔직함이 남들에게 불쾌감만 안겨준다면 그런 자세는 좀 고쳐야 하지 않을까?

서핑 잡지 AMOUAGE(모로코)

계속해서 솔로 신세를 못 면하는 이유 중 하나는
당신에게 호감을 전혀 느끼지 못하는 사람에게 매달리기 때문이다.
연애는 무에서 유를 창조하는 것이 아니다.
솔로에서 탈출하려면 사납게 들이닥치는 파도에 맞서서
서핑을 리드미컬하게 탈 줄 아는 서퍼가 되어야 한다.

결국은 파도를 잘 타야 한다

현실적인 솔로탈출 계획을 세워라

솔로탈출에 어려움을 느끼고 있다면, 그것은 당신이 할 수 있는 일과 할 수 없는 일을 구별하지 못하기 때문이다. 수도 없이 쇄도하는 솔로탈출 상담문의만 봐도 그렇다. "자주 가는 은행의 남자직원에게 사랑을 느꼈어요." "그녀에게 세 번 고백했다가 차였는데 꼭 사귀고 싶어요." "여자친구 있는 동아리 선배를 꼬시고 싶어요." 등의 사연을 읽다 보면 이런 문의에도 답장을 해줘야 하나 고민스러울 때가 있다.

고등학교 동창생인 N군이 딱 그런 경우로, 자주 가는 편의점의 아르바이트생, 여행에서 연락처를 교환한 사람, 거래처 직원 등과의 연애 가능성을 묻는다. 나는 좀더 현실적인 연애에 도전해보라고 제안하지만 그는 왜 안 될 거라고 생각하느냐고 되묻는다.

어떤 일이든 예외가 있는 법이고 아주 적은 가능성도 존재하는 법이지만, 어쩌면 잘될 수도 있을 거라고 기대를 품을 정도로 괜찮은 확률인지 따져봐야 하지 않을까? 연애가 로맨스영화에서처럼 허무맹랑하게 이뤄지는 경우는 극히 드물다. 대부분 우연한 기회를 통해 서로에게 호감을 느끼고, 그 호감을 서로 잘 키워나가다 커플이 되는 경우가 90퍼센트이다. 당신 혼자 호감을 품은 사람에게 전략적으로 다가가 유혹한 후에 커플이 되는 경우는 10퍼센트도 되지 않는다는 말이다(심지어 그 10퍼센트에 속하는 사람들의 99퍼센트는 연애 고수이거나 재력이든 외모든 능력자에 속하는 사람들이다).

> 당신의 매력과 능력은 한정적이다. 그 한정된 매력자산에 흥미를 보이는 사람을 빨리 발견해 그 사람과 썸을 타며 연애 감정을 고조시키는 게 솔로를 벗어나는 최선의 길이다.

그렇다면 답은 나왔다. 당신은 능력자인가? 연애 고수인가? 이도 저도 아니면 당신에게 전혀 관심 없는 사람을 유혹해 커플이 되겠다는 계획은 마법의 지팡이를 휘두르는 마법사에게나 실현가능한 일이다. 잔인한 이야기지만 진정으로 솔로에서 탈출하고 싶다면 판타지소설 같은 연애를 꿈꾸지 말고 현실적인 솔로탈출 계획을 세워야 한다.

파도에 영혼을 팔아먹은 것처럼 보일 정도로 서핑에 미친 서퍼라도 자기 마음대로 파도를 만들어낼 수 없듯이 당신도 자신이 좋아한다고 해서 모든 사람을 자신의 연인으로 만들 수는 없는 노릇이다. 그렇다고 "역시, 난 안 돼." 라며 자괴감에 빠질 것까지는 없지만 적어도 자신이 생각하는 솔로탈출 계획이 터무니없고 스스로 실소가 터지는 로맨틱판타지 급의 계획이라면 더 나은 파도(기회)를 기다리는 게 현명하다.

썸을 리드미컬하게 타라

당신은 유명배우나 아이돌가수가 아니다. 한마디로 당신은 원하기만 한다면 어느 누구라도 자신의 연인으로 만들 수 있는 능력을 타고난 게 아니라는 뜻이다. 당신의 매력과 능력은 한정적이므로, 그 한정된 매력자산에 흥미를 보이는 사람을 빨리 발견해 그 사람과 소위 '썸'을 타며 연애 감정을 고조시키는 게 최선이다.

썸을 타려면 우선 당신에게 호감을 보이는 상대를 찾

아야 하는데, 그건 절대 어렵지 않다. 당신의 말에 귀 기울여주고 자주 웃어주고 굳이 말을 걸지 않아도 당신에게 먼저 말을 걸어주는 사람이면 된다. 물론 이렇게 행동한다고 상대가 당신에게 강하게 끌리고 당신에게 사랑을 느낀다는 말은 아니다. 다만, 상대가 큰 호감을 내비치지 않더라도 상대의 반응이 비호감이나 철저한 무관심이 아니라면 충분히 썸을 타볼 만하다는 것이다.

벌써 불금이네요. ☹ 아직 약속은 없는데…….

없다고 해줘서 고마워요!
그럼 내일 술 한잔 같이 해요.

고맙긴요. 제가 더 고맙죠!
그럼 내일 어디서 볼까요?

그러고 나서 조금씩 다가간다. 상대에게 말을 걸고 가끔 사적인 문자를 보내거나 안부전화도 해본다. 여기서 중요한 점은 당신의 이런 행동에 상대가 적극적으로 대응하는지 수동적으로 대응하는지 구분하는 것이다(만약 당신의 행동에 거부반응을 보인다면 그 사람은 당신과 인연을 맺을 상대가 아니라는 뜻이다). 상대가 당신의 행동에 적극적인 반응을 보인다면 접근의 빈도를 높이고 수동적으로 나온다면 한 발짝 물러서서 관망하자(이런 걸 '밀당'이라고 하는 것이다).

썸을 타고 싶어도 주위에 이성이 없다고 투정하지 말자. 인터넷에는 수백만 개의 동호회가 있고, 학원과 회사, 거래처 등 이성을 만나야겠다고 마음만 먹으면 그 방법은 셀 수 없이 많다. 노력 없이 거저 얻어지는 것은 없다. 솔로에서 탈출하고 싶다면, 당신에게 호감을 가질 만한 사람을 찾기 위해 아낌없이 투자해라. 다소 기약 없는 노력처럼 보일지라도, 당신에게 전혀 관심 없는 상대의 마음을 움직이겠다고 헛수고를 하는 것보다는 훨씬 가치 있는 노력이다.

평소에 매력을 갈고 닦아라

모든 연애지침서에서 제일 먼저 강조하는 점은 바로 첫인상이다. 잘 알려져 있듯이, 첫인상은 3초 만에 결정되며 좀처럼 바뀌지 않는다고 한다. 실제로는 3초까지는 아니지만 첫 만남이 끝나기 전까지 상대에게 이렇다 할 호감을 주지 못한다면 그 사람과 결코 연인 관계가 될 수 없다.

즉, 솔로탈출을 하기 위해서는 첫인상에서 상대에게 호

감을 줘야 한다는 뜻이다. 다시 정리하면, 이성이 당신을 처음 만날 때 한눈에 “와!” 할 만한 매력이 있어야 한다는 뜻이다. 그렇다고 그 매력이 꼭 유명배우 급의 외모나 토크쇼 진행자를 뛰어넘는 드립력이 있어야 한다는 뜻은 아니다. 적어도 상대가 당신을 처음 만날 때 인상을 찡그리거나 지루해하지 않을 정도의 외모와 화술이면 나쁘지 않다.

하지만 이런 매력을 타고나지 않았다면, 오랜 시간 갈고 닦아야 하는 법이다. (내게 매력을 어떻게 만드는지 하나부터 열까지 묻지 마라. 내가 서울대 가는 법을 A4용지 한 장에 요약해달라고 하면 당신은 말해줄 수 있는가?) 그러니 친구들에게 쓸데없이 연애정보를 묻지 말고 말을 재미있게 하는 친구에게는 화술을 배우고 옷을 잘 입는 친구에게는 스타일 조언을 받으면서, 연애기술이 아니라 자신의 매력을 키울 수 있는 방법을 강구해보자.

서핑을 멋지게 즐기고 싶다면 과감하게 도전할 만한 파도를 기다리는 것도 중요하지만 무엇보다도 당신이 파도를 멋지게 탈 수 있는 기본기를 갖추고 있어야 한다는 점을 잊지 말자.

맥도날드(프랑스)

누구나 연인이 자신을 있는 그대로 사랑해주기를 바랄 것이다.
하지만 우선 자기 자신이 사람들을 있는 그대로 사랑하는지 돌이켜보라.
바로 답이 나온다. 당신의 바람과 달리,
우리는 상대의 진실된 모습보다는 적당히 꾸민 모습을 사랑한다.
신데렐라를 보라. 그녀가 누더기 옷을 입고 무도회에 갔다면
궁전에 들어갈 수나 있었을까? 과연 왕자를 사로잡을 수 있었을까?

적당한 애교와 내숭이 매력이다

처음부터 있는 그대로의 당신 모습을 사랑하는 사람은 없다

얼마 전에 지인들과 술을 마시면서, 현실적인 연애론을 설파하고 있는데, 가만히 내 이야기를 듣던 한 여자 지인이 불만스러운 표정으로 말했다. "난 네 의견에 반대야! 왜 사랑하는데 꾸며야 해? 모 연예인이 이런 말을 했어. 그 사람과 같이 있을 때 가장 나다워지는 사람과 결혼하라고! 연극은 언젠가 끝나기 마련이라고!" 그녀의 말에 지인들은 술렁였지만, 나는 미동도 하지 않았다. "넌 타인의 모습을 있는 그대로 사랑해줄 자신은 있고? 어떤 단점이 있어도 다 받아줄 거야?"

당신은 처음 만난 사람의 다소 까다로운 취향과 무표정한 얼굴, 무뚝뚝한 성격, 당신과 맞지 않는 이성관 등을 모두 이해해줄 수 있는가? 혹시 딱 맞는 사람을 만나면 해결되는 문제라고 생각하는가? 그렇다면 당신은 자신에게 딱 맞는 사람을 만나기 위해 어떤 노력을 얼마나 하고 있는가? 길을 걷다가 마음에 드는 이성을 보면 서슴없이 다가가서 고백을 하는가?

착각하지 말자. 세상에 37억 명의 남자(여자)가 있지만, 당신이 만날 수 있는 남자(여자)는 100명이 채 안 될 것이다. 그중에서 당신이 적극적으로 대시하지 않아도 당신에게 먼저 대시할 이성은 10명도 안 될 것이다. 전혀 꾸미지 않은 당신의 모습을 보여줘도 당신을 좋아할 사람이 있을지 모른다. 하지만 당신이 그 사람을 만날 가능성은 0퍼센트에 가깝다.

달콤하고 아름다운 사랑의 명언으로 자신의 비현실적인 연애관을 합리화하지 말자. 처음부터 있는 그대로의 이성을 사랑하는 사람은 없다. 그런 사람은 없거니와, 심지어 당신조차 그렇게 행동하지 못한다.

사랑을 얻으려면 적당히 꾸민 모습이 좋다

당신이 누군가에게 사랑을 받으려면 날것의 당신 모습을 보여줄 게 아니라 적당히 가꾼 대외용 모습을 보이는

> 당신은
> 타인의 모습을 있는
> 그대로 사랑할
> 자신이 있는가?
> 그 사람에게
> 어떤 단점이 있어도
> 다 받아줄 것인가?

게 맞다. 당신이 얼마나 무뚝뚝한지 당신이 얼마나 까다로운지 알고 싶어 하는 남자(여자)는 세상에 없다. 누구나 적당히 애교 있고 티 나지 않게 내숭을 떨 줄 아는 여자를 원하고 당신도 그런 여자임을 보여줘야 한다(또는 누구나 적당히 서글서글하고 유쾌하고 깔끔한 남자를 원하고 당신도 그런 남자임을 보여줘야 한다).

남자의 유머가 재미없어도 키득거리며 은근슬쩍 팔을 터치한다던가, 당신이 싫어하는 순대국 집에 가서도 "와! 순대국 처음 먹어보는데, 정말 맛있네요!"라고 맞장구칠 줄도 알아야 한다. 남자가 입가에 고추장을 립밤처럼 바르고 있어도 "이런 칠칠치 못한 인간 같으니……."라고 하지 말고 마음속으로 '앗, 점수 딸 타임이네!'라고 외치며 휴지로 입가를 쓱 닦아주자(남자의 입장에서도 마찬가지다).

당신이 얼마나 무뚝뚝하고 시크한 이성인지는 아무도 관심을 두지 않는다. 누구나 자기에게 웃으며 호감을 보이는 상대에게 관심 있을 뿐이다. 자신의 모습을 속이고 남자(여자)에게 맞춰주라는 말이 아니다. 이성에게 호감을 얻고 싶다면 누구든 마땅히 해야 하는 일이다.

"난 무뚝뚝하고 애교가 없어. 이런 날 이해해주는 남자를 만날 거야!"라고 말하지 마라. 그 말은 "나는 잘난 것도 별로 없지만 내게 다 맞춰주는 사람을 찾고 있어!"라는 말과 같다.

당신의 노력은 반드시 돌아온다

왜 사람은 있는 그대로의 모습이 아니라 적당히 꾸민 모습을 보여야 할까? 앞서 말했지만, 이 세상 어느 누구도 처음부터 이성의 본투비 모습을 원하지 않듯이 나조차도 상대의 본투비 모습을 원하지 않기 때문이다.

상대가 머리도 감지 않고 집에서 입고 있던 트레이닝복 차림으로 나온다면, 상대가 상스러운 말을 하고 길거리에서 침을 뱉고 함부로 담배를 피운다면, 그때도 당신은 그 사람의 본모습이니 이해해줘야 한다고 생각할까? 누구나 자신에게 깔끔하고 단정한 외모로 상황에 맞게 적절히 재치 있고 유쾌한 모습을 보이기를 원한다.

그러니 당신이 먼저 그런 모습을 보여라. 상대는 당신에게 똑같이 보답할 것이다. 당신이 상대의 작은 유머에 웃는다면 상대도 당신의 30퍼센트 센스 부족한 유머에 웃어

줄 것이다. 당신이 자연스럽게 스킨십을 한다면 상대도 자연스럽게 스킨십을 할 것이다. 상대에게 좋은 모습을 보여라. 매력적인 모습을 보여라. 힘들더라도 그렇게 보이도록 노력하라. 상대도 당신에게 멋진 모습을 보이려고 노력할 것이다.

"대체 언제까지 연극을 해야 하나요?"라고 생각하지 말자. 신혼기간이 끝나면 누가 먼저랄 것도 없이 알아서 방귀를 트게 되는 것처럼, 시간이 흐르고 서로에게 다소 부끄러운 모습들도 보여주면서 익숙해지면 서로의 모습을 인정하고 받아들이는 날이 온다.

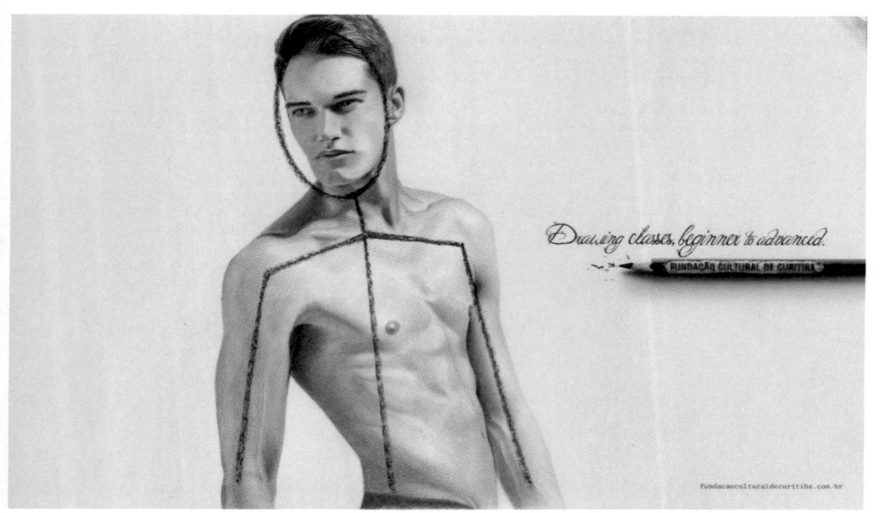

쿠리치바 시 문화원 드로잉 수업(브라질)

멋진 소묘를 그리기 위해서는 선을 긋는
지루한 연습 과정을 거쳐야 한다. 당신은 연애 초보인가?
그렇다면 어쭙잖은 고백을 궁리할 게 아니라 연애 책을 펴자.
당신에게 필요한 것은 연애의 기본이며 그 기본은 책에 있다.
연애를 글로만 배우는 것도 문제지만 자신만의 연애론을
무작정 밀고 나가는 것은 더 큰 문제이다.

고수가 되고 싶으면 기본부터 시작하라

연애 초보자, 당신은 연애를 전혀 모른다

연애 초보자에 대한 정의부터 내려보자. 많은 사람들이 연애 초보자를 막연히 지금껏 이성과 교제를 해본 적이 없는 사람으로만 생각한다. 맞는 말이지만, 여기서 흔히 간과하는 사실이 있다. 연애 초보자가 초보자 단계에 머무르는 동안, 다른 사람들은 충분히 연애하면서 이론에서든 실전에서든 나름의 연애능력을 향상시켜왔다는 점이다.

똑같이 잘 모른다면 연애 초보자이든 연애 고수이든 큰 차이가 없을 것이다. 하지만 경험이 있는 사람은 연애능력을 계속 향상시키고 경험이 없는 사람은 계속 같은 자리에 머물러 있다. 나이가 들어가면 들어갈수록 양쪽의 격차는 심하게 벌어지고 부익부빈익빈 현상이 두드러지게 된다. 더 솔직하게 이야기하면, 이미 연애 초보자는 '연애'라는 시장에서만큼은 경쟁력이 없어도 아주 없는 사람이다.

그렇다면 연애 초보자는 어떻게 경험을 쌓아야 하는 걸까? 연애를 좀 해본 사람들은 서로 눈치를 보며 상대방이 자신에게 호감이 있는지 아닌지 대화를 나누면서 분위기가 좋게 흘러가는지 아닌지 느낄 수 있지만, 연애 초보자의 경우에는 그 정도의 눈치도 힘겨울 수 있다. 결국 묻지마 고백이나 스토커 전술이 아니면 마땅히 할 수 있는 방법이 없다.

게다가 배움은 한쪽이 친절히 가르쳐주거나, 비슷한 실력을 가진 두 사람이 서로 겨루며 익혀야 하는 것인데, 이미 연애능력의 차이가 심하게 벌어진 상황에서 고수의 경험이 초보자에게 도움이 될까? 결국 연애 초보자는 자신의 문제점을 파악하지 못한 채 매번 헛수고를 하거나 섣부른 고백을 하다 상처를 받을 수밖에 없다.

웹툰 볼 시간에 연애 글을 읽자

연애 초보자에게는 일단 책이 필요하다. 어떤 사람이

쓴 책인지 그 내용이 허황되지는 않은지 기본 점검은 하고 읽자. 누군가 책을 잘 골라준다면 더없이 좋겠지만, 그렇지 않다면 베스트셀러든 추천서든 찾아서 책을 읽어보자. 이성을 10초 만에 유혹하는 방법이 실려 있지는 않겠지만, 책을 읽으면 적어도 자신이 왜 연애 초보자로 남아 있는지 정도는 스스로 파악하게 될 것이다.

경험이 중요하지 글로 배우는 연애는 다 쓸모없다고 생각할 수도 있다. 당연히 누군가에게는 이런 글이 샴푸 뒷면에 적힌 유의사항보다 못하겠지만 연애 초보자에게도 쓸모가 없을까? 만약 당신이 연애 초보자라면 생업을 제쳐두고 연애서적을 독파할 필요는 없지만, 지하철에서 웹툰을 보거나 퇴근하고 집에 돌아와 인터넷 가십기사를 훑을 시간에 차라리 연애 관련글을 닥치는 대로 읽어보자.

해가 되는 글도 있을 수 있지만, 당신이 많은 글을 읽다 보면 어떤 글이 현실적인 충고를 하고 있는지 어떤 글이 허풍인지 정도는 충분히 구별할 안목이 생긴다. 웹툰과 가십기사가 연애 글보다 질이 떨어진다고 말하는 게 아니다. 다만, 묻고 싶다. "당신에게 지금 당장 더 급한 게 무엇인가?"

책으로 익히고 실천하자

많은 사람들이 연애 글을 부정적으로 보는 이유는 연애가 케이스 바이 케이스(case by case, 일명 '케바케')의 성격이 강하다는 생각 때문이다. 맞는 말이다. 연애는 정말 그때 그때 다르다. 하지만 모든 연애가 첫 만남부터 끝까지 아예 다르지는 않다. 대부분 기초 틀은 비슷하되 여러 변수에 따라 상황이 달라질 뿐이다.

연애의 기본은 책으로 배워도 되지만 확실히 연애는 몸으로 부딪쳐 실천해야 하는 부분이 더 많다. 일단 여러 글과 책에서 연애를 배웠다면 그 내용이 맞는지 틀린지 직접 실천해야 한다. 이것은 연애 글의 수준이 떨어져서 생기는 문제가 아니라, 모든 사람과 상황에 맞게 글을 쓴다는 것이 불가능하기 때문이다.

2장 문을 열 때는 친구, 문을 나올 때는 연인

레노르 섬유유연제(페루)

좋아하는 사람이 생겼다면 고민만 하고 있지 말자.
당신이 해야 할 일은 분명하고 간단하다.
상대를 착각에 빠트려라. 상대가 "저 사람이 내게 관심이 있나?"라는
느낌을 갖게끔 마음의 공을 던져라.

상대를 착각에 빠트려라

상대가 알 듯 말 듯하게 행동하라

무미건조한 표정으로 상대를 쳐다보되 눈이 마주치면 절대 상대의 눈을 피하지 말고 바라보라. 딱히 말할 필요도 없고 손을 흔들 필요도 없다. 그냥 바라보기만 해라. 그가 고개를 갸웃거리거나 눈을 깜빡이면 아무 일 없었다는 듯이 하던 일을 계속하거나 자연스럽게 시선을 옮겨라. 이때 상대에게 살짝 미소를 짓는다면 더욱 효과적이다. 상대는 "뭐지?"라고 당신의 알 수 없는 시선에 의미를 분석하려 할 것이고 당신에게 뜻하지 않은 감정이 싹트게 될 것이다.

제발 "부끄러워서 남자의 눈을 못 쳐다보겠어요."라고 말하지 말자. 당신에게 한 달 동안 다이어트해서 몸이 꽉

조이는 섹시한 옷을 입고 그 남자 앞에서 모델 워킹을 하라고 하는 것도 아니고 그냥 바라만 보라는 것인데, 이것도 못한다고 하면 당신은 대체 뭘 할 수 있는가? 용감한 남자가 미녀를 얻듯이, 용감한 여자가 멋진 남자를 쟁취하는 법이다.

지금도 내 메일함에는 상대의 사소한 행동에 알쏭달쏭해하는 남자들의 이메일이 수두룩하다. "그녀가 평소에 제게 말을 자주 걸어요." "다른 남자에게는 안 그러는데 제게는 막 장난을 쳐요." "뭐랄까…… 그녀의 눈빛이 달라요." 등의 사연들이다. 남자가 사랑에 빠지기 시작하는 원인은 여자의 외모가 아니라 여자의 알 수 없는 행동이라는 점을 꼭 기억하자.

"뭐가 그렇게 간단해? 그런 건 예쁜 애들이 해야 가능한 거지!"라고 반문할 수도 있다. 하지만 절대 그렇지 않다. 대개의 남자는 여자의 아리송한 행동에 걸려들게 되어 있다. 당신이 위의 방법대로 남자에게 무언의 신호를 보냈는데도 남자가 미동도 하지 않는다면, 당신이 그 남자와 무인도에

그녀가 평소에 말을 자주 걸어요.

뭐랄까…… 날 보는 눈빛이 달라요.

다른 남자에게는 안 그러는데 제게는 막 장난을 쳐요.

떨어지지 않는 한 연인 관계가 될 수 없을 것이다.

유혹은 호기심에서 시작한다

대학교 동아리 사람들과 술을 마시는 자리에서, 나를 지켜보는 듯한 눈빛을 느껴서 그쪽을 바라보니 H양이 있었다. 딱히 내 말에 웃는 것도 아니었고 뭘 말하고자 하는 눈빛도 아니었지만 그녀의 눈빛에 잠시나마 끌렸다. 그런데 술자리를 마치고 돌아가는 길에 남자 녀석들이 하나같이 H양 이야기만 하는 게 아닌가. "야, 아무래도 그녀가 날 좋아하는 것 같아."라면서.

유혹은 상대에게 당신에 대한 호기심을 갖게 하는 것에서 출발한다. 원하는 남자를 얻고 싶다면 우선 남자가 "이 상황이 뭐지?"라는 생각을 하게 하고 당신의 행동에 의문을 갖게 하라. 남자는 그 의문을 풀기 위해 집착하기 시작할 것이고, 당신의 행동에서 긍정적인 신호를 찾아내려고 눈을 부릅뜰 것이다. 남자를 유혹하고 싶다? 그러면 먼저 남자를 착각에 빠트려라.

콜게이트 치약(칠레)

좋아하는 사람을 유혹하고 싶다면,
그 사람이 아는 이성 중에서
당신이 제일 먼저 눈에 띄는 사람이 되어야 한다.
당신이 그렇듯 상대도 특별한 사람과 연애를 하고 싶어 한다.

당신은 남달라야 한다

상대에게 당신은 지나가는 행인 1이다

짝사랑까지는 아니어도 호감을 갖기 시작한 사람에게 좀더 적극적으로 다가가라고 권유하면 대다수 사람이 주저한다. "나는 여자인데……." "그러다가 내가 좋아하는 걸 들키면 어떡해요?" "너무 들이대면 좀 그렇지 않나?" "리스크가 너무 크지 않아요?" 등의 핑계를 댄다. 맞는 말이다. 이왕이면 도도하게 팔짱 끼고 눈만 슬쩍 흘겼는데 상대가 당신에게 홀딱 반할 수만 있으면 얼마나 좋을까.

하지만 당신은 초특급 마력의 소유자가 아니다. 해바라기마냥 그(녀)를 바라보고 혼자 사랑을 키워봐야 상대는 당신의 소중한 마음 따위는 알아주지 않는다. 쉽게 말해, 당신에게 그(녀)가 특별할지 몰라도 상대 입장에서 당신은

> 모험을 감수하라. 그 사람을 얻고 싶다면 적어도 관계가 어색해질 수도 있고 다소 창피당할 수도 있다는 사실을 감안하고 베팅해야 한다.

명동 한복판에 걸어다니는 행인 19와 다르지 않다. 너무 들이대서 친구 관계마저 서먹해질 수도 있고 괜히 부담을 줄 수도 있지만, 행동으로 상대에게 자신의 뜻을 전하지 못한다면 당신은 그저 이성사람친구 17쯤일 수밖에 없다.

뭔가 얻고 싶으면 당연히 뭔가 걸어야 한다. 그(녀)를 얻고 싶다면 적어도 둘 사이가 어색해질 수도 있고 다소 창피를 당할 수도 있다는 사실을 감안하고 베팅해야 한다는 소리이다. 상대에게 직접 다가갈 용기가 없다면 우선 굳이 다가가지 않아도 눈에 띄도록 자신을 바꿔라. 옷 스타일을 바꾸고 긴 머리를 짧게 잘라도 봐라(염색은 언제나 효과적이다). 당신이 여자라면 화장법만 조금 바꿔도 전혀 다른 느낌을 줄 수 있다.

그러니 누군가를 좋아하게 되었다면 인터넷으로 연애기술 글만 검색하지 말고 일단 현재의 자신에서 변신할 준비를 하라. (연애기술은 기본자세가 갖춰져야 자연스럽게 나온다. 여전히 소심한 당신에게 연애기술은 있으나 마나이다. 돼지 목에 진주목걸이라고 들어는 봤는가?)

어제의 당신에서 적어도 외모상으로 달라졌다면 이제부터는 상대의 눈에 자꾸 띄도록 노력하자. 이왕이면 살인미소로 안부인사를 하면 좋으련만, 그게 힘들다면 상대 앞에서 괜히 웃어 보이거나 헛기침을 하거나 술자리에서 술잔을 세게 내려놓고 큰소리로 이야기를 하는 등의 소심한 방법들이 있다. 당신이 여자라면 호감이 가는 상대에게 "저기 티슈 좀 집어주세요."라면서 반복적으로 주의를 끌고 나아가 자연스러운 스킨십을 유도할 수도 있다. 물론, 이런 방법들을 쓴다고 연애 고수가 되지는 않겠지만 적어도 상대에게 당신의 존재를 무의식적으로 각인시킬 수 있다(상황에 맞게 쓰자. 괜히 선배나 상사에게 예의 없거나 실없는 사람으로 찍힐 수도 있다).

호감을 표시해야 상대가 당신을 눈여겨본다

짝사랑 중인 대학원생 K양에게 내가 한 조언은 간단했다. "칭찬을 하든 웃음을 보이든 일단 호감부터 표시해요." 하지만 K양은 그 조언에 강하게 반대했다. 먼저 호감을 표시하면 매력이 떨어질 수도 있고 자신의 감정을 상대가 눈치챌 거라는 생각에서였다.

앞서 말했듯이 당신은 나처럼 평범남(평범녀)이다. 얼

굴을 아무리 들여다봐도 뛰어난 외모의 배우와 비슷한 구석이 하나도 없으며 패션모델처럼 스타일리시하지도 않고 재벌총수처럼 돈이 많은 것도 아니다. 가슴 쓰린 이야기지만, 상대가 평범한 당신을 눈여겨볼 이유는 없다는 것이다. 그나마 상대가 눈길을 준다면, 당신이 상대에게 호감을 표시했을 때이다.

모든 유혹은 '좋은 사람'으로 각인된 후에 시작된다

호감의 상호성(Reciprocity of Liking)이라는 말을 아는가? 당신이 먼저 호감을 표시하면 상대도 당신에게 호감을 가진다는 말이다. 여기서 알아둬야 할 사실이 있다. 상대에게 호감을 보이면 호감이 돌아오는 것은 맞지만, 당신이 상대에게 호감 100을 준다고 해서 상대가 호감 100을 돌려주는 것은 아니라는 점이다. 당신이 호감을 표시하면 상대는 당신을 나쁘지 않은 사람 혹은 자신을 좋게 봐주는 사람 정도로 생각할 거라고 가정해야 옳다.

이렇게 말하면 "역시! 좋아하면 고백하면 되겠다."라고 고백만능주의를 떠올릴 수 있지만, 고백은 호감의 표현이 아니다(정확히 말하면, 좋은 접근 방법이 아니다). 고백은 단순히 "○○씨 멋져요." "○○씨 오늘 진짜 예뻐요." "오늘 런

웨이 걸어도 되겠네요." 등의 일반적인 호감 표현이 아니기 때문이다. "저는 당신을 좋아해요."까지는 일반적인 호감의 표시가 되지만 그 후에 "그러니 저와 사귀어 주세요."라는 제안이 들어가면서, 고백은 호감의 표시를 넘어서 부담스러운 부탁이 된다. 생각지도 못한 고백을 받으면, 상대는 당신에게 호감도 갖기 전에 부담스러워지면서 두통과 스트레스의 제공자인 당신을 밀어낼 것이다.

상대의 마음이 당신과 같다는 확신이 없다면 고백 같은 부담스러운 부탁을 하지 말고 일상적인 호감을 전해보자. 예를 들어, "좋아요." "멋져요." "대단해요." 같은 말을 상대에게 해보라(상대에게 고백하라는 것도 아닌데, 이 정도 말도 못한다고 하면 당신의 연애는 인터넷소설에서나 가능하다). 당신이 우물쭈물하지 않고 쿨하게 호감을 표시한다면 상대는 당신을 '좋은 사람 카테고리'에 집어넣을 것이다.

자연스럽게 상대의 마음속에서 '좋은 사람 카테고리'에 분류된다면, 그 이후에 당신의 유혹은 순조롭게 진행될 수 있다. 일단 지인 23에서 탈출하게 되면 데이트 신청도 무난하게 할 수 있게 되고 지인들 모임에서 보다 적극적으로 상대에게 구애할 수도 있다.

오맥스 와이드렌즈(인도)

남자를 유혹하고 싶다면
주저하지 말고 옷장에서 미니스커트를 꺼내라.
"너무 짧은 거 아니야?"라고 핀잔을 주면서도
그는 시선을 떼지 못할 것이다.
그리고 걱정하지 마라. 미니스커트를 입는다고
당신을 한 수 낮춰 볼 남자들은 조선시대에 살고 있으니까.

본능을
건드려라

미니스커트는 매우 효과적인 무기다

소개팅을 앞둔 지인이 "어떻게 하면 소개팅 상대를 확 꼬실 수 있을까?"라는 진부한 질문을 하길래 나는 1초도 망설이지 않고 조언해줬다. "치마 길이를 좀더 줄이고 보정 속옷을 입어." 그러자 금단의 시크릿 스킬을 기대했던 지인은 나를 음흉한 변태 보듯 쳐다보며 "난 그렇게 저렴하게 유혹하고 싶지는 않아."라고 쏘아붙였다.

다소 불편한 조언이라는 점은 인정하지만, 내 조언에 발끈하며 남자를 유혹하는 데 성적인 매력을 어필하고 싶지는 않다고 말하는 것은 유혹의 기초를 무시하는 몰상식한 말이다. '유혹'은 무엇인가? 모든 것을 다 알고 있다는 포털 사이트에 물어보니 이렇다. "유혹: 2. 성적인 목적을 갖고 이성(異性)을 꾐."

이성을 유혹하는 데 성적 매력을 어필하지 않겠다는 것은 오픈북시험에서 책을 보지 않고 시험을 보겠다는 것과 같은 뜻이다. 왜 자신이 가진 가장 강력한 유혹의 무기를 사용하지 않으려는가? 혹시 외모만으로도 모든 남성을 유혹할 수 있다고 자신하는가? 아니면 유혹의 마법이 어딘가 존재하고 그것만 배우면 된다고 생각하는가?

영화 〈원초적 본능〉을 봤는지 모르겠지만, 적어도 여주인공 배역의 샤론 스톤이 경찰서 조사실에서 흰 민소매 원피스를 입고 긴 다리를 꼬고 앉아 있는 장면을 한번쯤은 본 적 있을 것이다. 살인사건의 용의자로 소환되어 5명의 형사들 앞에서 조사를 받으면서 샤론 스톤은 자신의 성적 매력으로 그 형사들을 한번에 안드로메다로 보내버린다.

물론 당신이 미니스커트를 입는다고 해서 모든 남자의 멘탈이 붕괴될 거라는 말은 아니다(아쉽게도 당신은 샤론 스톤이 아니니까). 하지만 당신이 밀리터리룩을 입을 때보다 미니스커트를 입을 때 남자는 당신의 성적 매력에 좀더 반응하고, 조신한 복장으로 다소곳이 앉아서 대답할 때보다 소개팅 분위기를 좀더 당신의 페이스대로 이끌 수 있다.

내가 미니스커트나 다소 몸매가 드러나는 옷을 추천하면 대다수 여자들은 이렇게 반문한다. “그렇게 입으면 남자들이 날 쉽게 보지 않을까요?” “너무 없어 보이면 어떡해요?” 하지만 걱정하지 마라. 여자의 적당한 노출에 품행을 의심할 남자들은 조선시대에 살고 있다.

남자는 옷차림이 아니라 행동과 대화에서 느껴지는 뉘앙스를 보고 손가락질한다는 것을 기억하자. 속옷이 보일 정도로 짧게 파인 옷을 입고 육두문자를 남발하지 않는 한 적당히 섹시한 차림의 옷은 당신의 성적 매력을 발산시키고 남자의 호감을 이끌어낸다. 또한, 섹시한 옷차림에 자신감 넘치게 이야기한다면 남자는 당신을 당당하고 매력적인 여자라고 느낄 것이다.

이렇게 말해도, 여전히 성적 매력을 어필하는 게 주저된다면 입장을 바꿔서 생각해보자. “내가 남자라면 성적 매력이 없는 여자에게 끌릴까?”라고. 물론 성적 매력이 당신의 전부도 아니며 모든 남자가 오로지 여자의 성적 매력에만 반응하는 것도 아니다. 하지만 소개팅처럼 짧은 시간 동안 서로의 매력을 평가하는 자리에서 자신의 성적 매력을 어필하는 것이야말로 남자를 사로잡는 가장 효과적인 방법이다.

이렇게 말해도 걱정된다면 연애를 해본 남자 지인들에게 적당한 길이의 미니스커트에 대해 조언을 부탁해보자. 아마 당신 생각보다 훨씬 짧은 미니스커트에도 눈 하나 깜짝 안 하고 엄지손가락을 척 치켜세우는 모습을 보게 될 것이다.

또한, 성적 매력을 어필한다는 것이 꼭 남자를 유혹하기 위한 계책만은 아니다. 평소보다 심한 노출을 강행했다면 처음에는 신경이 쓰이고 불편하겠지만, 얼마 지나지 않아서 사람들(혹은 늑대들의) 시선에 우쭐해하는 자신을 발견할 수도 있다. 옷을 조금 짧게 입는 것만으로도 남자에게 어필할 수 있고 자신의 자신감도 끌어올릴 수 있다면 도전해볼 만하지 않을까?

이케아 조립서비스(독일)

좋아하는 남자에게 다가갈 마땅한 방법이
떠오르지 않는다면 그에게 가서 부탁해라.
"좀 부탁해요."라는 말을 덧붙인 사소한 부탁은
자연스럽게 접근하는 최고의 방법이다.

부탁하면 넘어올 것이다

사소한 부탁으로 심리적 거리를 좁혀라

유혹용 부탁이라고 해도 선부탁 후보상을 해야 하는 것은 아니다. "죄송한데 과제 좀 도와주세요. 제가 밥 살게요." 류의 부탁은 노골적으로 보일 수도 있고, 무엇보다 부탁을 받은 상대에게 부담을 줄 수도 있다. 뭐든 작은 것부터 시작하는 게 좋다. 이게 부탁인가 싶은 아주 사소한 부탁부터 시작하자.

만약 술자리에 함께 있다면, 아무 말 없이 빈 술잔을 상대에게 내밀어봐라. 상대는 '아차' 하면서 당신의 술잔에 따라줄 것이고 당신은 웃으며 고맙다고 화답하면 된다. 어디 술자리뿐인가? 식사할 때는 "저기 소금통 좀 건네주세요.", 사무실에서는 "펜 좀 빌릴게요.", 따로 떨어져 있을 때는 "이 서식 어떻게 작성하는지 아세요?" 등 상대에게 부담 없이 부탁할 만한 소재가 주변에 널려 있다.

이런 작은 부탁은 상대에게 부담을 주지 않으면서 짧은 대화를 나눌 구실이 된다. 이런 부탁을 반복하게 되면, 상대에게 당신의 존재를 반복적으로 노출시키면서 상대와의 거리를 좁히는 데 큰 도움이 될 것이다.

또한, 상대가 당신의 사소한 부탁을 들어준다면 고맙다고 인사하면서 미소를 보이자. 만약 이 인사에 상대의 팔이나 어깨, 등에 가벼운 스킨십을 더한다면 당신과 상대의 심리적 거리는 금세 좁혀질 것이다(사실 이게 핵심이다).

부탁 후에 보상을 데이트 구실로 삼지 마라

부탁을 유혹의 기술로 활용하는 사람들이 저지르는 실수 중 하나는 별것도 아닌 일을 부탁한 후에 과한 보상을 하려고 한다는 것이다. 한번은 이런 일이 있었다. 군대제대 후 복학생 친구들과 토익학원을 다니다 매번 강의실 앞줄에서 수업을 듣는 여자와 먼저 밥을 먹는 사람에게 술을 사기로 내기를 했다. 외모에 자신 있던 M군은 내기를 시작하자마자 그녀에게 다가가 "저기 그쪽이 마음에 드는데, 수업 끝나고 차 한잔하실래요?"라는 돌직구를 날렸다가 돌거절을 당했다. M군을 비웃던 K군은 "저번 수업에 빠져서 못 들은 내용이 있는데 필기한 프린트물 좀 보여주실래요?"라고 제법 영리하게 부탁을 했다. K군은 다음날 프린트물을 돌려주며 "정말 고마워요. 고마워서 그러는데 끝나고 술 한잔하실래요?"라고 제안했지만 역시 거절당했다. 그리고 다음 날 나는 수업 시작 전에 그녀에게 볼펜을 빌렸고, 다음 시간에는 노트를 빌렸고 그 다음 날에는 프린트물을 빌려서 복사를 했다. 나는 단 한 번도 그녀에게 밥을 먹자는 이야기를 꺼내지 않았다. 간단한 부탁에 이어 고맙다는 인사를 했고 요구르트를 한 병 건네기도 했다. 그렇게 일주일이 지났을 무렵 수업이 끝나고 나서 그녀에게 말했다. "친구들과 밥 먹으러 갈 건데 같이 갈래요?"

부탁은 그냥 상대와 거리를 좁히는 계기로만 사용해라. 괜히 사소한 부탁을 하고 나서 과한 보상을 했다가는 상대가 부담감에 당신을 밀어낼 것이다. 생각해봐라. 필기물 좀 빌려줬는데 상대편에서 밥을 산다고 제안하면, "내 필기가 정말 큰 도움이 되었구나."라고 기뻐할까? "필기도 제대로 안 하고 그렇게 해서 토익점수 오르겠냐?"라는 핀잔이나 안 들으면 다행일 것이다.

내가 토익학원의 그녀와 밥을 먹을 수 있었던 이유는, 부탁을 구실로 그녀를 유혹한 게 아니라 단순히 그녀와 친분을 쌓았기 때문이다. 데이트 전에 선행되어야 하는 것은 상대와 친분을 쌓는 일이다. 일단 자주 부탁하며 상대와 거리를 좁히면, 같이 식사하는 것쯤은 그다지 부담스럽지 않은 요청이 될 수 있다. 친한 사람과의 밥 한 끼를 누가 마다하겠는가? (정 불안하면 나처럼 지인을 끼어넣으면 된다.)

앰비 퍼 화장실 청소세제(호주)

좋은 향은 당신의 이미지를 각인시키는 효과가 있다.
어디 그것뿐인가? 당신이 수줍음을 잘 타는 성격이라면
당신에게서 풍기는 향이 대화의 좋은 소재가 되기도 한다.
꼭 향수일 필요는 없다. 비누, 샴푸, 보디워시, 샤워코롱 등
자신에게 어울리는 향이 있다면 적극 활용해본다.
설령 그게 화장실 청소세제라고 하더라도.

좋은 향이 필요하다

외출하려고 준비를 마치고 집을 나서기 전에 마지막으로 무엇을 하는가? 거울을 보며 옷 매무새를 가다듬고 바로 집을 나서는가? 평소에는 몰라도 데이트에 나가거나 누군가 만나는 상황이라면 집을 나서기 전에 향수를 뿌릴 것이다. 그럼 어떻게 향수를 뿌리는가? 남자를 유혹하기 위한 향수 사용법에 대해서 생각해보자.

외출 전에 잊지 말고 향수를 뿌리자

정신 없는 아침 출근길이라도 집을 나서기 전에 향수를 잊지 말자. 매일 향수를 뿌리고 다닌다고 해서 길가다 마주친 훈남이 "당신에게서 치명적인 유혹의 향이 나는군요. 제 여자가 되어주시겠습니까?"라고 달려들지는 않는다. 하지만 향수는 당신을 스쳐 지나가는 사람에게 상쾌한 기분을 주며, 그냥 지나치다가도 향에 반해 한 번쯤 당신을 뒤돌아보게 만드는 마력이 있다.

얼마 전에 적금통장을 개설하기 위해 은행을 방문한 적이 있다. 창구의 은행원과 통장 개설에 대해서 이런저런 이야기를 나누다가 문득 그 직원에게서 풍기는 향에 반해서 "혹시 향수 뭐 쓰세요?"라고 나도 모르게 물었다. 당신이 남자 앞에서 말을 살갑게 하지 못하는 성격이라면 꼭 향수를 뿌려라. 어색한 분위기의 자리에서 남자가 향수에 대해 물으며 대화의 물꼬가 터질 수도 있다.

또한, 향수는 당신이 어떤 사람인지 상대에게 은연중에 각인시키기도 한다. 고등학교 때 뭇 여학우들의 눈물로 세수를 하고 다닐 만큼 인기 있던 친구는 매일 여성용 향수를 뿌리고 다녔다. 나는 그게 무슨 추태냐며 그 친구를 비웃었지만 그 친구는 남다른 말로 내 말문을 막히게 했다. "남자향수 여자향수 구분이 뭐가 중요해? 그냥 나를 가장 잘 표현할 수 있는 향수면 되는 거지." 그가 남긴 명언이다.

그렇다. 그 친구는 웬만한 아이돌가수 뺨치는 외모의 소유자였다. 내가 여성용 향수를 뿌리면 엄마 향수를 뿌리는 바보라고 손가락질을 받겠지만 그 친구가 여성용 향수를 뿌리면 말 그대로 향기도 나는 꽃미남이 되는 것이다. 그러니 자신에게 어울리는 향수를 찾아 외출할 때마다 잊지 말고 챙기자. 별것도 아닌 것 같은 그 향수가 당신의 이미지를 긍정적으로 업그레이드시킬 수 있다.

제발 촌스럽게 뿌리지는 말자

향수를 쓴 지 얼마 안 되는 사람이 저지르는 가장 큰 실수는 마치 방향제 뿌리듯이 향수를 뿌린다는 것이다. 짙은 향으로 자신이 향수 뿌리는 사람이라고 여기저기 소문내고 싶은 욕심에서 나온 행동이겠지만, 과도한 향수는 주변 사람들에게 두통만 일으킬 뿐이다. 버스나 지하철을 타면 향수를 지나치게 많이 뿌린 사람 옆에 서게 되는 경우가 가끔 있다. 그럴 때는 차라리 운동을 마치고 집으로 돌아가는 운동선수의 땀냄새가 더 나을 것 같다는 생각을 한다.

향수는 안 뿌린 듯 뿌리는 게 좋다. 아무리 진하게 뿌려도 옆에 오래 있다 보면 향에 적응하게 되고 나중에는 느끼지 못하게 되기 때문이다. 어차피 향수는 의도적으로 코를 벌름거리고 굳이 냄새를 맡으려 하지 않는 한 만났을 때 잠깐 느껴질 뿐이다.

향수를 뿌리기 적당한 곳에 대해서는 의견이 분분하지만, 나는 주로 손목 안쪽이나 목 주변에 뿌린다. 은은하면서도 길게 향을 유지하고 싶으면 스카프나 넥타이 안쪽, 스커트나 재킷의 안쪽 밑단에 뿌리는 게 좋다. 이렇게 하면 처음 만날 때는 잘 모르지만 자리에 앉거나 재킷을 벗거나 하면서 몸의 움직임에 따라 향이 살짝 올라온다.

향을 내는 것은 향수만이 아니다

좋은 향을 내기 위해서 꼭 향수를 써야 한다고는 생각하지 말자. 잘 씻고 다니는 것만으로도 좋은 향이 날 수 있다. 개인적으로 샴푸 덕후인데, 특정 샴푸를 쓰는 여자가 지나가면 이유 불문하고 뒤를 돌아보게 된다. 이 밖에도 비누, 보디워시, 샤워코롱, 핸드크림 등을 고려해보자.

참고로 이상하게도 오이비누 덕후들이 많다. 신기하게도 오이비누 향이 상쾌하다며 좋아하는 남자와 여자가 주변에 꽤 있고 그중에는 오이비누 향을 맡으면 저절로 상대에게 끌린다는 사람도 있었다. 물론, 오이에 알레르기 반응을 보이는 사람도 있다. 그때그때 당신이 좋아하는 사람에 맞춰서 잘 사용하자.

어떤 향이 나는 제품을 사용해야 할지 모를 때는 당신이 좋아하는 사람에게 슬쩍 물어보자. "○○씨는 어떤 향을 좋아해요?" 그리고 천연덕스럽게 다음 날 그 제품을 사용해보자. 그 사람이 당황해하면 "남자들이 이 향을 좋아하는 것 같아서요."라고 씩 웃고 지나가라. 그날 밤 그 남자는 '혹시 나를 좋아하는 건가?'라고 상상하며 밤잠을 설칠 것이다.

닛포 손전등(인도)

좋아하는 사람 앞에서 덜덜 떨고 있을 때
그 떨림을 당연히 여기지 말고 당신의 떨림에 손전등을 비춰봐라.
처음에는 손에 땀이 흥건히 젖을 정도로 두려웠다가도
막상 자신이 떠는 원인을 알고 나면 그동안 좋아하는 사람 앞에서
말 한마디 못한 자신이 얼마나 미련했는지 알 수 있을 것이다.

좋아하는 사람 앞에서 떨 필요 없다

사실 말도 안 되는 것을 겁내고 있다

어째서 좋아하는 사람 앞에서 덜덜 떨고 두려워하는가? 상대가 당신에게 "조금만 더 다가오면 더 이상 못 오게 정강이뼈를 3등분 내주겠어요!"라고 협박이라도 하던가? 아니면 보스의 명령으로 좋아하는 사람을 암살해야 하는 비운의 킬러라도 된단 말인가? 대체 왜 좋아하는 사람 앞에서 덜덜 떠는 건가?

그 이유를 모르는 것은 아니다. "내가 괜히 관계를 망치면 어쩌지?" "혹시 거절당하면 어떡하나?" "나를 이상하게 생각하지는 않을까." 등의 생각으로 휴대폰이 아니라 당신이 진동모드가 되는 상황임을 안다. 물론 당신의 우려가 현실이 될 수도 있다. 그런데 곰곰이 생각해보라. 어떤 행동을 하려 했기에 관계를 망칠까 걱정하고 거절당할까 걱정하고 이상하게 생각할까 걱정하는 건가?

혹시 좋아하는 사람의 이름과 얼굴을 팔에 새겨 보여줄 생각인가? 그런 경우에는 당신의 고민이 충분히 합당하다. 하지만 상대에게 웃으면서 "안녕하세요?"라고 안부 인사를 하거나, "오늘 셔츠 색이 잘 어울리네요."라고 입고 있는 옷을 칭찬하거나, "그 기획서 좀 이메일로 전달해주시겠어요?"라고 소소한 부탁을 하는 게 두렵다면, 당신은 잘못 생각해도 한참 잘못 생각하고 있다. 내가 작은 행동을 한다고 해서 모든 사람이 그 행동에 집중해서 큰 의미로 받아들이지는 않는다. 자신을 마치 연극무대에 선 주인공처럼 생각하는 것을 '조명효과'라고 하는데, 생각해보면 이처럼 바보 같은 착각도 없다.

인사하고 칭찬하고 부탁한다고 해서 상대방이 당신을 이상하게 생각해서 꺼려하고 거절할 것인지 생각해보라. 오히려 별거 아닌 일에도 불안해하고 어쩔 줄 몰라하는 당신의 모습이 더 큰 부담이 될 것 같다는 생각은 안 드는가? "나도 모르게 떨리는 걸 어떡해요?"라고 투정하기 전에 당신이 덜덜 떨고 있는 모습이 상식적인지 따져보면 얼마나 어이없는 행동을 하고 있는지 깨달을 수 있을 것이다.

첫 시작은 무조건 친구부터

우리가 좋아하는 사람 앞에서 떨리는 것은 나무에서 사과가 떨어지고 매달 10일에 은행계좌에서 카드대금이 인출되는 것처럼 아주 당연하고 자연스러운 일이다. 하지만 꼭 떨어야만 할까?

처음에는 나도 떨림이 당연한 일이라고만 생각했다. 하지만, 오랜 시간 연애의 발전 과정을 살펴본 결과 연애 기간이 짧든 길든 기간의 차이는 좀 있지만 처음에는 무조건 친구로 시작한다는 사실을 알게 되었다. 아무리 첫눈에 반한 사이라도 첫 순간부터 다짜고짜 얼싸안고 커플라이프에 입성하지는 않는다. 모든 관계에는 대화를 통해 서로에 대해 알아가는 기간이 존재한다. 생각해봐라. 대표적인 급만남 장소인 클럽에서도 "이름이 뭐예요?" "몇 살이에요?" "어디 살아요?" 정도는 묻고 대화를 나누지 않는가?

> "좋아하는 사람 앞에서 아무 말도 못하고 떠는 것은 곧장 커플이 되려는 욕심 때문이다. 능력도 안 되면서 친구 단계를 건너뛰려고 하지 말고 일단 목표를 친구로 맞춰보자."

상대에게 얼마나 격한 사랑을 느꼈는지는 모르지만, 당신이 상대와 관계를 발전시키고 싶다면 짧든 길든 친구의 기간을 거쳐야 한다는 사실을 잊지 말자. 아직 친구의 단계도 가지 못했는데도 혼자서 덜덜 떨고 있는 모습이 스스로 생각해봐도 얼마나 웃기겠는가?

지난 파티에서도 공기업에 근무 중인 30대 초반의 Y군에게 똑같은 조언을 해줬다. "좋아한다고 해서 상대 앞에서 꼭 떨 필요가 있어? 상대가 잡아먹나? 자신 있게 다가가." 이 조언에 Y군은 머리로는 알지만 막상 실전에서는 안 된다고 하소연을 했다. 그래서 다시 해준 말이 있다. "그러면 목표를 낮게 잡아. 일단 친구부터 시작해."

좋아하는 사람 앞에서 아무 말도 못하고 떠는 것은 친구의 기간을 쏙 빼고 곧장 커플이 되려는 욕심 때문이다. 능력도 안 되면서 친구 단계를 건너뛰려고 하지 말고 일단 목표를 친구로 맞춰보자. 그 즉시 신기하게도 떨림이 줄어든다.

긍정적인 표현을 싫어하는 사람은 없다

그대 앞에만 서면 머리가 빠른 포맷 상태가 되어서 마땅히 건넬 말이 떠오르지 않는다면, 무조건 긍정적인 표현을 쏟아보자. '좋다' '예쁘다' '멋지다' '유쾌하다' '쿨하다' '따뜻하다' '포근하다' 등의 표현은 상대에게 당신에 대해 긍정적인 느낌을 주고 그런 느낌은 당신 이미지의 업그레이드로 이어진다.

무엇보다도 칭찬을 싫어하는 사람은 없다. 앞서 언급했듯이, 당신이 덜덜 떠는 행동이 얼마나 덜떨어진 일인지 깨닫고 긍정적인 표현으로 좋아하는 상대에게 다가가 보자. 물론 그렇게 행동한다고 해서 상대와 무조건 커플이 될 수 있다는 순진한 이야기를 하려는 것은 아니다. 누가 됐든 좋아하는 이성 앞에서 떨면서 서성이지 말고 자신 있게 당신이 어떤 사람인지 상대에게 알리라는 것이다.

정말요? 내 취향은 아닌데
선물받은 거라 하고 왔어요.

색감이 따뜻해 보여서 ㅇㅇ씨랑 잘 어울려요.

그렇게 말해줘서 고마워요.
안 어울릴까 봐 걱정했는데 다행이에요.

3장 연애할 때 당신과 나 사이에 있는 것

해충박멸 전문회사 PTE(페루)

상대의 장단점을 구별하지 마라. 장점이 있으면 단점이 있는 법이다.
단점을 달리 생각하면 또 다른 장점이 될 수도 있다. 당신이 고려해야 하는 것은,
상대의 개성을 어디까지 이해하고 받아들일 수 있는지 파악하는 것이다.
또한 상대의 개성 중 참을 수 없는 부분이 있다면 바꾸기를 요구할 게 아니라
상대가 스스로 바뀔 수 있는 방법을 고안해야 한다.

상대의 장단점을 구별하지 마라

연애 초반에는 원래 장점만 보인다

연인과의 문제를 호소하는 사람들이 대부분 "처음에는 몰랐는데……."로 이야기를 시작한다는 점에 주목할 필요가 있다. 처음부터 큰 문제가 될 줄 알았다면 누가 그 사람과 연애를 시작했겠는가. 하지만 처음에 별 문제가 없었다고 앞으로도 처음과 계속 같을 것이라고 생각하는 것도 또 얼마나 순진한 생각인가.

얼마 전에 아이패드를 구매했다. 내 블로그를 한눈에 확인할 수 있는 큰 사이즈에 어디든 들고 다니기 편리한 휴대성, 은근히 자랑할 수 있는 매력까지, 정말 무엇 하나 흠잡을 데 없는 기기라고 생각했다. 하지만 두어 달 사용해 보니, 플래시를 지원하지 않는 점, 어플을 받을 때마다 암호를 입력해야 하는 번거로움, 밖에 나갈 때마다 테더링을 해야 하는 불편함 등의 단점이 눈에 들어오기 시작했다(그럼에도 만족하며 쓴다). 그렇다면, 처음 아이패드를 손에 넣었을 때와 무엇이 달라진 걸까?

> "연애 초기에는 몰랐던 상대의 단점이 보였을 때 상대를 괜히 비난하지 마라. 그 사람은 원래 그런 모습이었고 당신만 이제 그 모습을 본 것이다."

무엇이든 처음에는 장점이 보이고 조금씩 단점이 보이기 시작한다. 그것은 변하는 것이 아니라 몰랐던 부분이 조금씩 보이는 것이다. 많은 여자들이 자신의 남자친구에 대해 이렇게 말한다. "처음에는 몰랐는데 연애하면서 연락을 잘 안 해요."라는 그녀들의 말은, 사실상 남자가 변한 것이 아니라 원래 연락을 잘 안 하는 남자였다는 사실을 이제야 알게 되었다는 뜻이다. "처음에는 연락 자주 했어요."라고 반문할지 모르지만, 그 현상은 그 사람이 연애 초기에 살짝 변했다가 원래 모습으로 돌아간 것이라고 보는 게 맞다.

따라서, 연애 초기에는 몰랐던 상대의 단점이 보였을 때 상대를 괜히 비난하거나 천재지변이라도 일어난 것처럼 굴지 마라. 그 사람은 원래 그런 모습이었고 당신만 이제 그 모습을 본 것이니까. 그렇다고 그런 사람이니 평생 성직자처럼 참고 인내하며 살아야 한다는 것은 아니다. 전혀 몰랐던 상대의 모습에 놀라고 배신감을 느끼기 전에, 그 사람의 본모습을 자신이 감당할 수 있는지 생각해보고 자신의 능력을 넘어선다고 판단되면 조용히 반품하라는 것이다.

"어떻게 배신감을 안 느낄 수 있겠어요?"라고 소리지르고 싶다면, 묻고 싶다. "당신의 지금 모습이 상대가 보았던 당신의 첫 모습과 같다고 생각합니까?" 상대를 100퍼센트 파악하고 만날 수 없기 때문에 우리 모두는 필연적으로 속아서 연애를 시작할 수밖에 없다. 연애의 관건은, 속았다고 분노하는 게 아니라 속았지만 이 상황을 어떻게 끌고 나갈 것인가에 있다.

상대의 단점은 당신에게만 안 맞는 개성일 뿐이다

"제 남자친구는 연락을 잘 안 해요." "제 여자친구는 다 좋은데 밤늦게까지 놀아요." 등 당신의 입장에서는 불만족스러운 연인의 행동이 있을 것이다. 하지만 당신이 느끼는 불평불만은 그 사람의 단점이 아니라 그저 당신과 잘 맞지 않는 상대의 개성일 뿐이다. 물론 연락을 잘 안 하는 남자친구나 밤늦게까지 노는 여자친구를 선호하는 연인들이 많지는 않겠지만, 선호까지는 아니더라도 크게 신경 쓰지 않는 사람들도 얼마든지 있다.

당신이 도저히 인내할 수 없는 단점도 어떤 사람에게는 장점으로 느껴지기도 한다. 당신이 "여자친구가 너무 늦게까지 놀아서 고민이에요."라고 불평하는 반면, 어떤 사람은 "여자친구가 잘 놀아서 늦게까지 같이 클러빙을 할 수 있어 좋아요." "여자친구와 여행을 자주 갈 수 있어서 좋아요."라고 대답할 수도 있다. 또, 당신이 남자친구가 연락을 안 해서 고민하는 반면, 어떤 사람은 "저는 남자친구가 구속하지 않아서 좋아요." "제가 정말 바쁜데 남자친구가 잘 이해해줘요."라는 사람도 있다.

세상 일은 물이 반 담긴 유리잔 같다. 당신이 어떻게 보는지에 따라서 물이 반밖에 없다고 싫어할 수도 있고, 물이 반이나 있다고 반색할 수도 있다. 상대의 장점과 단점은 대부분 당신의 주관적인 판단임을 깨닫자. 상대의 단점을 발견했다고 경악하지 말고 장점이든 단점이든 똑같이 상대의 개성으로 인정해주되, 자신과 맞지 않는 부분을 어떻게 할지 고민하는 게 발전적인 연애를 하는 방법이다.

다시 말하지만, 연인 관계에서 상대를 장점과 단점으로 나누어 판단하는 것은 아주 위험하다. 당신의 눈에는 단점으로 보이지만 보는 사람에 따라 충분히 이해되는 행동이거나 오히려 장점으로 비춰질 수도 있기 때문이다. 또한, 장점과 단점으로 상대를 바라보게 되면 부작용이 생긴다. 상대에게 쉽게 불만을 갖게 되고 앞뒤 따지지 않고 "이건 고쳐!" "어떻게 이럴 수 있어?" "다른 사람들은 안 이래!" 등 날이 선 말을 내뱉기 쉽다.

아니, 무슨 술을 그렇게 자주 마셔?

내가 뭘 그렇게 자주 마셨다고 그래? 

일주일에 두세 번이면 많지 않아?
남들이 봐도 그 정도는 많다고 할 거야.

그래도 예전보다는 줄였잖아! 

상대가 당신의 생각에 적극 동의하면서 당신의 명령에 따르면 좋겠지만, 대부분은 부정적으로 반응하며 "너도 그랬잖아!" "이게 뭐가 어때서!" "너야말로 이거 고쳐!" 등 당신과 똑같이 공격성의 말이 나오는 경우가 더 많다. 알다시피 이런 공방전은 더 큰 싸움으로 확대되는 경향이 있다. 따라서, 감내하기 힘든 상대의 모습도 일단 개성으로 인정해주자. 상대의 비위를 맞추는 굴욕적인 행동이 아니라 상대와 당신 사이의 다툼을 최소한으로 하고 서로의 의견을 조율하기 위한 첫 단계이다.

그 후에 당신의 눈에 비치는 상대의 단점을 여러 각도에서 바라보자. 상대가 연락을 잘 안 한다면 단순히 사랑이 식은 증거라고 생각하는 게 아니라 나만의 시간을 가질 수 있는 기회라고 생각할 수도 있다. 상대가 늦은 시간까지 밖에 있다면 나와도 오래 시간을 보낼 수 있는 기회라고 여길 수도 있다. 또 평소 상대의 센스 없는 모습이 답답했다면 "그래, 이런 센스로 바람은 못 피우겠네!"라며 웃어넘길 수도 있지 않을까?

모든 일을 이렇게 관점의 변화로 해결할 수는 없을 것이다. 그럴 때는 명령하기보다는 꾀를 부려보자. 상대에게 괜히 아프다고 말해서 당신에게 관심을 집중하게 할 수도 있고(꾀병을 자주 부리면 역효과가 있지만), 상대의 지인들과 친분을 쌓으며 도움을 청할 수도 있다. 이외에도 당신이 좋아하는 그의 행동에 점수를 매겨서 그에 합당한 보상을 제안할 수도 있다. 화를 내기 전에 마음을 가라앉히고 조금만 시간 내서 뇌세포를 활성화하면 의외로 많은 방법을 찾아낼 수도 있다.

이렇게 당신이 지혜를 끌어모아봤지만 도저히 상대의 행동을 이해할 수도 없고 변화시킬 수도 없다고 느낀다면, 방법은 분노가 아니라 이별이라는 점을 잊지 말자. 당신이 무수히 노력했는데도 변하지 않는 사람이라면 당신이 화를 낸다 해도 변하지 않을 것이고 오히려 당신을 이해심이 부족한 사람으로 몰아갈 수도 있다.

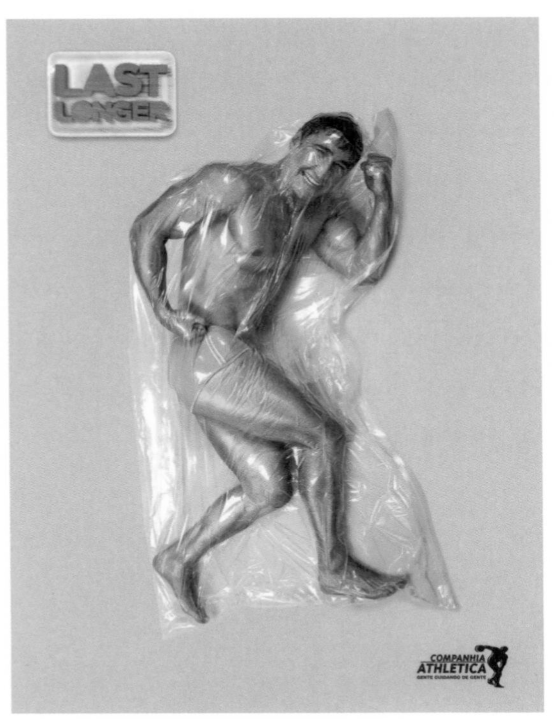

피트니스 센터 Companhia Athletica(브라질)

아무리 뼈를 깎는 노력으로 멋진 몸매를 만든다 해도
제대로 관리하지 않으면 멋진 식스팩도 곧 예전 모습으로 돌아갈 것이다.
연애도 마찬가지다. 달콤한 연애를 원한다면 상대가 변했다고 투덜거리지 말고
상대가 예전처럼 다정해질 수 있도록 노력과 관리가 필요하지 않을까?

사랑에는 관리가 필요하다

예전에는 안 그랬는데 요즘 들어 남자친구의 연락이 줄었어요.

잡은 물고기에 미끼를 주지 않는다는 건가요?

뭐라 딱 꼬집어 말할 수는 없지만 확실히 예전보다 사랑이 식은 느낌이 들어요.

여자들이 내게 보낸 메일에는 남자친구에 대한 불만 글이 많다. 그들은 처음보다 조금씩 열정이 식어가는 남자친구에 대해 불안해하기도 하고 헐뜯기도 한다.

사실 열정이 식는다는 것은 남자친구가 천하의 배은망덕한 인간이라서가 아니다. 아무 운동도 하지 않고 지낸다면 몸에 근육이 사라지고 지방만 붙는 것처럼, 당신이 노력하지 않으면 당신의 남자친구도 시간이 지나면서 조금씩 변할 수밖에 없다. 사랑하는 남자친구의 마음이 변하지 않기를 원한다면 몸매를 유지하는 데 운동이 필요하듯 노력이 필요하다. 여기서는 연인과의 사랑을 뜨겁게 유지하기 위해 당신이 해야 하는 간단한 몇 가지 행동을 이야기해보자.

사랑의 눈빛으로 지긋이 바라보자

꼭 분위기 좋은 곳에서 그럴듯한 음식을 먹으면서 남자친구에게 "사랑해."라고 말할 필요는 없다. 분식집에서 돈까스 정식을 먹더라도 입가에 소스를 묻혀가며 채신머리없게 먹는 남자친구라도 사랑이 담긴 눈으로 물끄러미 바라보자.

그런 당신의 눈빛에 남자친구가 "너 뭐 잘못 먹었냐?"라고 분위기를 흐려도, 발끈하지 말고 미소를 지으며 "좋다. 같이 있으니까."라고 말해보자. 아무리 무드 없는 남자친구라도 당신의 눈빛과 말에 진한 사랑이 깃들어 있다는 것을 알아차릴 것이다.

당신이 그렇게 사랑을 표현한다고 해서 "풋, 나한테 푹 빠졌군. 난 좀 덜 좋아해도 되겠어."라고 거만하게 생각하는 남자는 없다. 일반적인 사고방식의 남자라면 당신의 사랑 가득한 시선에 고마워하고 운명이라고 생각할 것이다.

데이트할 때 말에 너무 의존하지 말자. 말은 당신과 남자친구에게 즐거움을 주지만 사랑이 담긴 시선은 더한 역할을 할 수 있다. 깊은 신뢰와 사랑을 전하는 눈빛으로 당신과 남자친구가 도저히 헤어질 수 없는 운명임을 느끼게 하라.

작은 일에도 호들갑 떨며 고마워하자

남자친구에게 선물을 받은 대다수 여자들의 머릿속에 떠오르는 것은 물음표일 것이다. “이건 뭐야?” “차라리 다른 걸 주지.” “내가 이것밖에 안 돼?” 등의 구름이 머릿속에서 떠다닐 것이다. 센스 따위는 초등학교 때 폐지딱지랑 바꿔먹은 것 같은 남자의 선물은 센스만큼은 신의 경지에 오른 여자가 볼 때 한없이 부족할지 모른다. 하지만 당신이 정말 센스 있는 여자라면 남자친구의 부족한 센스와 노력을 지적하기보다는 입꼬리가 파르르 떨리더라도 “어머, 길거리 좌판에서 구한 3천 원짜리 철지난 짝퉁 머리핀을 선물해줘서 정말 고마워.”라고 말해보자. (정말 이렇게 말하는 건 아니겠지?)

대학생 H양은 무딘 남자친구로 고민이 많았다. 친구들의 남자친구들은 손편지도 보내고 깜짝 선물로 감동도 주는데, H양에게는 연애 1년이 지나도록 친구들에게 자랑할 만한 일이 없었다. 처음에는 남자친구의 우직한 모습이 좋았지만 조금씩 우려와 회의가 들기 시작했다고 한다. "날 사랑하기는 하는 걸까?"라고 생각하는 H양에게 나는 남자친구에게 사소한 일이라도 좋으니 칭찬을 해보라고 조언했다.

"우리 남친 매너 있네." 카페에서 테이크아웃 컵에 빨대를 꽂아서 건네주는 남자친구에게 그녀가 처음으로 시도한 칭찬이었다. 이후, 동아리 회식 후에 편의점에서 딸기우유를 사줬을 때나 생일에 손편지를 써줬을 때 등 조금이라도 고마운 일을 했을 때 그녀는 약간 오버해서 남자친구에게 칭찬과 고마움을 표시했다.

그렇게 석 달쯤 지나자 그녀가 남자친구가 달라졌다고 알려왔다. "솔직히 뭘 그렇게 대단한 걸 해주는 건 아니지만, 사소한 것이라도 신경쓰면서 제게 자주 칭찬받고 싶어 하는 남자친구가 사랑스러워요!"

누구나 칭찬을 받으면 받을수록 더 잘하려고 노력한다. 특히 여자친구가 행복해하는 모습을 보면서 남자들은 자신이 할 수 있는 모든 것을 쏟아부으려고 할 것이다. 남자친구를 놓치고 싶지 않다면 그의 작은 호의에도 과하게 고마워하고 행복해하는 모습을 보여주자. 여자친구가 웃는 모습에 남자친구의 어깨가 으쓱할 것이다. 그리고 더 행복하게 해주겠다고 다짐할 것이다.

꼭 남자친구를 위해서가 아니라 작은 일에도 고마워하고 감동받는 습관을 들이다 보면 소소한 일에도 스스로 감동하고 행복해지는 자신을 발견하게 될 것이다. 이런 나의 충고에 "꼭 그렇게까지 해야 하나? 남자가 센스 좀 있으면 안 되나?"라고 반문하고 싶다면 단도직입적으로 묻고 싶다. "당신이 원하는 것이 행복인가, 아니면 비싼 선물인가?" 행복을 원한다면 남자의 센스도 필요하지만 작은 것에도 행복을 느끼려는 당신의 마음가짐도 필요하다.

자신만의 시간을 갖자

"남자친구의 연락이 뜸해요." "나와는 안 놀고 친구들하고 놀아요." "맨날 바쁘다고 해요." 내게 하소연하는 여자들의 이야기이다. 물론 그들의 마음을 이해한다. 사랑하면 연인과 많은 시간을 보내고 싶은 게 당연한 노릇이다. 그런데 하나만 묻자. 왜 당신은 주인을 따라다니는 강아지처럼 혀를 내밀며 남자친구가 당신과 놀아주기만 기다리는가? 당신은 일이 없는 백수이고 친구는 하나도 없고 하

“모든 계란을
한 바구니에 담지 마라.
남자친구와 가까워지면
가까워질수록 시간과,
우정, 자기계발의 기회
등을 희생해야 하고,
자연스럽게 상대에게
자신의 희생에 상응하는
희생을 요구하면서
부담을 준다.”

루종일 휴대폰만 보는 사람인가? 남자친구가 연락도 안 하고 친구와 놀면서 바쁘다고 하면, 그를 기다리며 짜증내거나 화내지 말고 당신도 마찬가지로 친구들을 만나고 바쁘게 일하며 자연스럽게 연락을 줄여보자.

사랑하는 사람과 더 가까워지고 싶은 것은 자연스러운 욕구이지만, 장기 연애를 목표로 한다면 그 욕구를 조금 조절할 필요가 있다. 누구나 자신만의 생활방식이 있는데 아직 서로에 대한 깊은 이해가 없는 상태에서 무리하게 가까워지길 요구하면 서로 상처받고 힘들어질 수 있다. “왜 연락 안 해?” “왜 친구들만 만나?” “뭐가 그렇게 바빠?” 라고 토로하기보다는 각자의 생활방식을 유지하며 천천히 가까워지려고 노력하자.

게다가 모든 계란을 한 바구니에 담는 것은 위험하다. 남자친구와 가까워지면 가까워질수록 당신은 시간과, 우정, 자기계발의 기회 등을 희생해야 하고, 자연스럽게 상대에게 자신의 희생에 상응하는 희생을 요구하면서 부담을 주게 된다. 뭐가 그렇게 급한가? 둘 사이의 사랑을 키우는 것도 중요하지만, 자신만의 시간을 가지고 자기계발에 힘쓰고 대인관계를 관리하는 것 역시 중요하다는 것을 잊지 말자.

"왜 남자친구는 내게 시간을 쓰지 않는 거지?"라고 불평하기 전에 "나는 지금 나 자신에게 충분한 시간을 쓰고 있는가?"를 따져보자. 연애를 하면서, 당신이 자기 자신에게 시간을 할애해 투자하는 것은 자신을 위하는 길인 동시에 상대의 부담을 더는 일석이조의 방법이다. 연애에 올인하지 말고 자기만의 시간을 갖고 자기계발을 게을리하지 말자.

보다콤 심야무료통화 서비스(남아프리카공화국)

여자들이여!
연락을 잘 안 한다고 남자친구를 윽박지르기 전에
왜 연락이 중요한지 설명하라.
남자는 왜 연락을 자주 해야 하는지 모른다.
남자들이여!
대체 무슨 연락을 하라는 거냐며 여자친구를 연락중독자로 몰기 전에
자신이 지금 뭘 하고 있는지 기분은 어떤지 공유해라.

연락을
소홀히 하면
무서운 일이 벌어진다

남자에게 연락이 왜 필요한지 설명하라

연인 관계에서 여자가 처음으로 느끼는 이상징후는 바로 줄어드는 연락이다. 연애 초반이든 중반이든 후반이든 하루에 자신에게 날아오던 문자가 3개 이상 줄면 그 즉시 여자는 미간에 주름을 잡으며 고민한다. "뭐지? 사랑이 식은 건가?" "예전에는 잘만 연락하더니……." "혹시 다른 여자가 생긴 거 아냐?" 등 나름의 이유를 생각하며 남자를 프라이팬에 들볶을 준비를 한다.

그럴 사정이 있겠거니 하고 두어 번 넘어갔던 여자는 세 번째부터는 본격적으로 남자를 들볶기 시작한다. "요즘 왜 연락 안 해?"라는 여자의 말에 남자가 좀 바빴다고 대답하면, "당신은 화장실도 안 가?"라고 몰아세운다. 답정너도 이런 답정너가 없다. 남자가 뭐라고 변명을 하든 들을 생각도 하지 않고 사랑이 식어 연인을 홀대하는 무책임한 나쁜 놈으로 몰아간다.

물론 개중에는 정말 권태기에 돌입했거나 바람이 난 남자도 있겠지만, 대부분의 경우 남자는 여자에게 연락을 자주 해야 하는 이유를 알지 못하는 둔한 성격의 소유자들이다(충격적인 말이지만 사실이다). 어디서 주워들은 이야기는 있어서 여자들이 연락에 민감하다는 것은 알고 있지만 남자는 그 이유에 공감하지도 못할 뿐만 아니라 정확히 알지도 못한다.

왜 남자친구의 연락에 민감한가? '연락횟수=사랑의 크기'라고 생각하고 있는 것인가? 그렇다면 "왜 요즘 연락 안 해?"라고 소리지르지 말고 '연락횟수=사랑의 크기'라고 생각해서 "당신 연락이 없으면 속상해."라고 말하는 게 맞지 않을까? 그러니 연락문제로 남자를 비난하기 전에 연락이 중요한 이유를 설명해주자. "당신이 연락하면 내 생각을 많이 하는 것 같아서 기분이 좋아!" "오빠 연락이 없으면 혹시 다른 여자 보고 있나 불안해!" "오빠 문자 받으면 하루종일 기분이 좋단 말이야." 등의 말은 남자친구에게 연락의 중요성을 일깨워주면서, 그간 연락을 자주 못했던 자기 자신을 돌이켜보는 계기가 될 것이다.

여자가 원하는 것은 정보가 아니라 교류다

여자친구에게 들볶이던 후배 L군이 내게 하소연을 했다. "형, 대체 여자친구는 무슨 연락을 자꾸 하라는 건지 모르겠어요." 사실 후배의 말도 일리가 있다. 유물을 찾아 정글을 헤매는 인디아나 존스도 아닌데 월요일부터 금요일까지 컨트롤 C/V 같은 일상을 사는 현대인에게 무슨 새로운 보고사항이 있단 말인가.

하지만 여자의 마음을 전혀 모르기 때문에 나온 생각이다. 여자가 원하는 것은 당신이 어디에 있는지 뭘 하는지에 대한 정보가 아니라 언제 어디서든 자신을 생각하며 교류하길 원하는 것이다. 쉽게 말해, 밥 뭐 먹었는지 회사에 잘 출근했는지 궁금한 것이 아니라, 자신과 항상 대화하고 싶다는 남자의 태도를 바라는 것이다.

나는 L군에게 이렇게 조언했다. "일상을 보고하려 하지 말고 하루에 두어 번 여자친구가 웃을 만한 느끼한 멘트를 준비해봐." "잘 잤어?" "간밤에 네 꿈 꿨어." "내 여자, 점심 뭐 먹었어?" "퇴근길! 주말에 내 여자 볼 생각으로 오늘도 버텼다!" 등 다소 손가락이 오그라드는 멘트를 던져보

자. 손가락이 좀 괴롭겠지만 10원 하나 들이지 않고 사랑하는 여자를 잠시나마 웃게 할 수 있으니 남는 장사가 아니겠는가.

매일 똑같은 일상인데 대체 뭘 말하라는 건지 비비 꼬아 생각하기 전에, 오늘은 어떤 오글거리는 멘트로 여자친구를 웃게 만들지 고민할 줄 아는 로맨티스트가 되어보자. 당신의 오글멘트를 본 여자친구는 당신에게 앙증맞은 애교로 보답할 것이다.

사랑은 가만히 둔다고 무럭무럭 자라는 것이 아니다. 당신의 무뚝뚝한 성격과 어울리지 않는다고 해도 원만하고 사랑이 넘치는 연애를 위해서는 여자친구가 애정과 관심을 느낄 수 있을 만큼 듬뿍 쏟아야 한다는 사실을 꼭 기억하자.

3M 스마트폰 액정보호필름(싱가포르)

휴대폰만큼은 절대 연인과 공유하지 말자.
마음속으로 걸리는 일이 있어서가 아니다.
당신에게 아무것도 아닌 일이
상대에게는 심각한 결격사유가 될 수도 있고
무엇보다도 불필요한 갈등을 야기할 게 불 보듯 뻔하다.
그러니 특수 액정필름을 붙여 당신의 사생활을 보호하라!

누구에게나 비밀은 있어야 한다

휴대폰은 나만의 것이다

이제 연애를 막 시작한 사람들은 무엇이든 공유하고 싶어 하는 성향이 있다. 시시콜콜한 일상 이야기를 쉬지 않고 나누고 자신의 비밀을 상대에게 보여주고 싶어 하고 또 상대의 비밀을 알고 싶어 한다. 이런 성향이 건전하게 발전하면 서로를 더 자세히 알아갈 수도 있고, 서로에게 서운한 일이 생기면 대화로 바로 풀 수 있는 분위기가 조성될 수도 있다. 하지만 자칫 잘못 발전하면 "우리 사이에 비밀이 어디 있어? 휴대폰 내나 봐."라는 식의 과도한 사생활 침해로 이어질 수도 있다.

연애 초기에 아무 생각 없이 서로 이메일 비밀번호, 휴대폰 비밀번호를 공유하거나 심지어 며칠 동안 서로 휴대폰을 바꿔 쓰는 경우까지 있는데, 절대 해서는 안 되는 일이다. 다른 것은 몰라도 자신의 휴대폰만은 하늘이 두 쪽 나도 상대의 손에 절대 넘겨서는 안 된다. "속으로 찔리는 것이 없으면 상관없지 않아?"라고 이 충고를 반박할 수도 있다. 하지만 애인에게 휴대폰을 숨겨야 하는 이유에 대해 한번 이야기해보자.

별것 아닌 문자도 불륜의 증거로 보일 수 있다

"얼마 전에 여자친구가 휴대폰을 보여달라고 하길래 아무 생각 없이 보여줬어요. 그런데 여자친구의 표정이 굳더니, 이 여자 누구냐며 화를 내더라고요. 간만에 대학 후배가 안부문자를 보낸 거였는데, 여자친구가 히스테리를 일으키더라고요. '왜 갑자기 안부를 묻냐?' '무슨 말투가 이렇게 친절하냐?' '평소에 자주 보던 사이 아니냐?' '당장 여자친구 있다고 말해라.' 등 난리도 아니었어요."

당신의 눈에는 그냥 평범한 문자이겠지만, 상대도 똑같이 생각할까? 전혀 그렇지 않다. 여자친구 입장에서는 일단 다른 여자는 경계해야 할 대상이다. 그러니 문자의 내용이 조금만 살가워도 여자친구는 의심의 눈초리로 볼 수밖에 없다. 이렇게 말할 때, 연애하면서 이성과 왜 연락하느냐고 반문하는 사람이 있다면 나는 할 말이 없다(그럼 당신은 연애할 때마다 휴대폰을 초기화하고 인연을 다 끊고 그렇게 살아라).

이런 상황은 본인이 속으로 찔리는 구석이 없다고 해결될 일이 아니다. 아무리 짧고 일상적인 대화내용도 상대가 어떻게 해석하느냐에 따라 그 의미가 전혀 달라질 수 있기 때문이다. 여자친구가 전혀 의심하지 않게 여자 지인의 전호번호를 전부 지워야 하고, 피치 못할 사정으로 여자 사람에게 문자를 할 때는 군대식으로 말끝을 '……다' '……까'로 끝내야 한다. "정말 오랜만입니다." "후배님도 잘 지내셨습니까?" 이런 말투의 문자를 주고받을 수 있을까? 그러므로 애초에 휴대폰은 절대 애인에게 보여주지 말아야 한다. 물론, 반대의 사례도 있다. 결혼하자마자 아내의 휴대폰을 초기화해서 남자 지인들의 연락처를 다 없앴다고 방송에서 자랑하던 남자도 있었다. 여자의 입장에서도 남자친구가 남자 지인의 문자를 두고 잔소리를 하면 어떤 기분이 들겠는가?

그런 이유에서 연애 처음부터 휴대폰을 절대 애인에게 보여주지 말아야 한다. 휴대폰에서 찾은 이성과의 사소한 대화로 그날의 데이트를 망치는 것은 물론, 이별까지 갈

수 있다는 것을 알아야 한다. 결국 괜한 싸움을 하지 않기 위해서 휴대폰을 감춰야 한다.

한번 보여주면 끝이 없다

"그날 이후로 여자친구는 만날 때마다 제 휴대폰을 검사해요. 처음에는 그냥 내줬는데, 계속 검사하는 여자친구를 보니 사생활을 침해당하는 것 같아 기분이 나쁘더라고요. 나를 믿지 못하는 건가 싶고. 그래서 얼마 전부터는 안 줬더니, 이제는 '찔리냐?' '또 그 후배랑 연락하냐?' 등의 말로 자꾸 저를 의심하고 괴롭혀요."

애인에게 휴대폰을 내주지 말아야 하는 가장 중요한 이유가 바로 이것이다. 처음에 휴대폰을 보면서 뭔가 좁쌀만큼 의심스러운 문자를 발견하면 애인은 계속 당신의 휴대폰을 검사하려 들 것이다. 또한 매번 검사하며 의심스러운 구석을 발견해서(라고 쓰고 생트집이라고 읽는다) 당신을 괴롭힐 것이다. 이제 와서 못 보게 하면 때는 이미 늦었다.

그러니 연애 초기에 휴대폰을 사수하자. 상대가 압박해도 절대 굴하지 말고 보여줘서는 안 된다. 연애 초반에 잠깐 힘들 뿐 시간이 지나면 상대도 굳이 당신의 휴대폰을 보려고 하지 않을 것이다. 상대의 강요에 어쩔 수 없이 휴대폰을 보여주거나 싸우기 싫다는 이유로 휴대폰을 포기하는 순간 당신에게는 더 이상 사생활은 없다.

유니세프 아동학대 금지 캠페인(대한민국)

여자들이여! 남자들의 쿨한 모습에 속지 마라.
당신의 눈에 남자가 쿨해 보이는 것은
태어나서부터 감정을 드러내지 말라는 교육의 결과일 뿐,
남자도 상처를 받는다. 다만 겉으로 티를 내지 않을 뿐이다.

겉보기에 괜찮다고 속도 괜찮은 것은 아니다

대한민국의 평균적인 남자를 만나고 있다면, 아마도 그 남자는 당신에게 불평불만을 잘 드러내지 않을 것이다. 당신은 그런 남자친구에 대해 "불만이 있으면 대화를 나누면 되는데, 왜 제 남자친구는 감정을 숨기죠?"라고 의아해할 것이다. 그렇다. '싫으면 싫다.' '여자친구의 이런 점은 좀 아닌 것 같다.' 등의 말을 하면 될 것을 남자들은 왜 혼자 불만을 쌓아두고 있다가 갑자기 이별을 통보하는 것일까? 자신의 감정을 잘 드러내지 않다가 갑자기 헤어지자는 남자의 연애심리에 대해서 생각해보자.

태어날 때부터 감정 자제를 강요받는 남자

우선 남자가 양육되는 방식에 대해 생각해보자. 당신

도 어렴풋하게 느끼고 있겠지만, 남자는 태어날 때부터 주위 사람들에게 자신의 감정을 맘껏 드러내지 말라는 교육을 받는다. 한번 떠올려보라. 여자아이가 뛰다가 넘어져서 아프다고 울면 사람들은 여자아이를 어르고 달래지만, 남자아이가 뛰다가 넘어져 울면 "남자가 이렇게 울면 안 돼!"라는 소리를 한다. 오죽하면 남자는 태어나서 딱 세 번만 울어야 한다는 말도 안 되는 소리가 있겠는가?

남자는 자라면서 뭐든 참고 인내하라고 배운다. "남자가 뭐 이런 일에 힘들다고 그래!" "남자가 이렇게 편식하면 못 써!" "남자는 씩씩해야지!" 등의 말을 통해 남자는 감정을 드러내기보다는 감추고 말하지 않는 데 익숙해진다.

이렇게 감정절제라는 조기교육을 받은 남자들은 웬만해서는 자신의 감정을 상대에게 잘 표현하지 않는다. 이 교육 덕분에 남자는 여자처럼 즉석에서 불평불만을 말하지 않고 "뭐 그럴 수 있지."라고 무디게 반응하게 된다. 그래서 여자친구와 문제가 생겼을 때 남자는 자신의 입장을 적극적으로 드러내기보다는 우선 참고 넘어가려고 한다.

확실히 연인끼리의 사소한 갈등의 경우 남자가 조금 양보하고 인내하면 갈등해소에 도움이 된다. 그렇지만 남자의 입장에서 도저히 감당 안 되는 갈등이 일어나면 이런 인내심 우선주의는 상황을 크게 악화시킨다. 머리로는 '남자가 이 정도는 참아야지.'라고 하지만, 가슴에서는 '그래도 이건 너무 심해!'라는 억울함이 켜켜이 쌓인다. 남자는 다중인격자가 되어 자기 자신과 싸운다. '그냥 다 때려치우자.' '난 아무래도 그녀를 행복하게 해줄 수 없나 보다.' '그녀를 도저히 감당할 수 없다.' 등의 생각이 머릿속을 오가다 남자는 결국에는 이별이라는 결론에 도달한다.

불만을 잘 표현하는 남자가 정말 좋을까

"왜 남자는 그렇게 답답하게 살아요?" "말로 잘 풀어 이야기하면 되잖아요?" 등의 반론이 나올 수 있다. 하지만 남자가 실제로 말로 모든 생각을 표현했을 때 당신은 어떻게 반응할까? 당신이 약속시간에 조금 늦었다고 짜증내고, 말싸움을 벌일 때 한마디도 받아주지 않고 당신과 말다툼을 하고, 당신의 행동 하나하나에 참견하고 간섭하는 남자친구의 모습을 생각해봐라. 저도 모르게 "무슨 남자가 저래……."라는 말이 흘러나올 것이다.

물론 대부분의 경우에 남자가 말로 표현하는 게 좋다고 생각할 수도 있다. 하지만, 남자친구의 불평불만에 학을 뗀 J양은 절대 그 말에 동의하지 않는다. 사내연애 중인

J양은 남자친구의 불평불만 때문에 연애뿐만 아니라 업무도 힘들어하고 있다.

"왜 다른 남자동료와 친하게 지내?"로 시작해서 "왜 오전회의 때 내 편을 들어주지 않았어?"까지 불만이 있을 때마다 하루종일 볼멘소리를 하는 남자친구 때문에 그녀는 이별까지 고려하고 있다. 갑자기 이별통보를 받은 당신 입장에서는 '남자가 표현 좀 하지…….'라고 생각하겠지만, 만약 당신의 바람대로 남자가 여과 없이 불만을 떠들어댔다면 당신은 하루도 버티지 못하고 그에게 헤어지자고 했을 것이다(남자 입장에서 여자는 너무 여과 없이 불평불만을 쏟아낸다).

여자라고 해서 모두 감정을 드러내는 것은 아니다. 여자도 마음에 들지 않는 부분이 있어도 직접적으로 말하지 않는 경우가 있다. 하지만 여자는 자신의 마음을 남자가 알아줬으면 하는 바람에서 불만을 말하지 않는 것이고, 남자는 자신의 불만을 드러내는 것이 남자답지 못한 행동이라고 여긴다는 점에서 확실히 다르다. 여자는 '남자가 날 좀 이해해줘.'라고 생각한다면 남자는 '이런 일은 내가 알아서 해결해야 해.'라고 생각한다는 것이다.

확실히 곰 같은 남자가 좋다. 앞서 말했듯이, 남자가 자신의 불만을 시시콜콜 떠들어댔다면 당신은 연애가 아닌 시집살이를 한다고 느낄 것이다. 그러니 남자가 불만에 대해 말하지 않는다고 불평하지 말자. 이런 때야말로 여자들의 특기인 센스를 발휘해서 남자가 현재 갈등을 잘 이겨낼 수 있는 상태인지 아닌지 파악하는 게 어떨까?

사과를 빙자한 떡밥을 던져라

연애 경험이 없거나 본인 위주로 행동하던 여자들은 남자에게 자신의 불만을 마구 쏟아내다가 이별통보라는 날벼락을 맞지만, 연애 경험이 좀 있거나 상황 파악을 잘하는 여자는 남자의 달라진 행동을 보며 관계가 극단으로 치닫기 전에 불만의 원인을 알아내려고 시도한다. 후자의 경우, 현명한 판단까지는 훌륭하게 대처한 것이지만 다음 단계의 방식이 아쉬울 때가 많다. "오빠 요즘 무슨 할 말 있어?" "내가 뭐 잘못했어?" 등의 돌직구 질문으로 넘어가 마지막 남은 기회를 날리는 경우가 많기 때문이다.

물론 돌직구 질문도 아주 나쁜 방법은 아니지만 자존심이 센 남자일수록 여자에게는 대충 둘러대고는 속으로는 '혹시 힘든 게 티 나는 건가? 창피한데…….'라는 심정에서 더 심한 스트레스를 받을 수도 있다.

이런 상황에서는 여자의 주특기인 센스를 발휘해보자. 최근에 당신이 남자친구에게 짜증을 많이 부렸다면, "무슨 불만 있어?"라는 돌직구 질문을 할 게 아니라 사과를 빙자한 떡밥을 던져보자. "요즘 내가 회사 일로 너무 예민해서 당신에게 짜증을 많이 냈지? 미안해."라는 말을 먼저 건네면 못난이 인형처럼 얼굴을 찌푸리고 있던 남자의 표정이 풀리면서 "그래, 나도 네가 요새 많이 힘든 건 알아. 그런데……."라며 자신의 속마음을 꺼낼 것이다.

아니. 며칠 전에 엄마가 요즘 무슨 일 있냐고 물으시더라. 왜 이렇게 짜증을 내냐고. 난 그냥 좀 예민한가 했는데 내가 오빠에게도 심하게 굴었지?

아니야. 괜찮아. 그런데. 요즘 아주 조금은 말이야…….

어찌 보면 남자나 여자 모두 똑같이 키만 컸지 마음상태는 해님유치원 하늘반 수준을 벗어나지 못한다. 다만 남자는 감정을 억제해야 한다는 사회적 압박에 시달리며 겉

과 속이 다른 모습으로 살아간다는 데 차이가 있을 뿐이다. 여자들이여, 그대들이 매번 주장하듯 남자는 센스가 없고 그대들은 섬세한 센스를 가졌다. 그러니 그 센스를 예민한 감성을 키우는 데만 쏟지 말고 남자의 상처받은 속마음을 읽어내고 자연스럽게 대화로 이끌어내는 데 활용해보자.

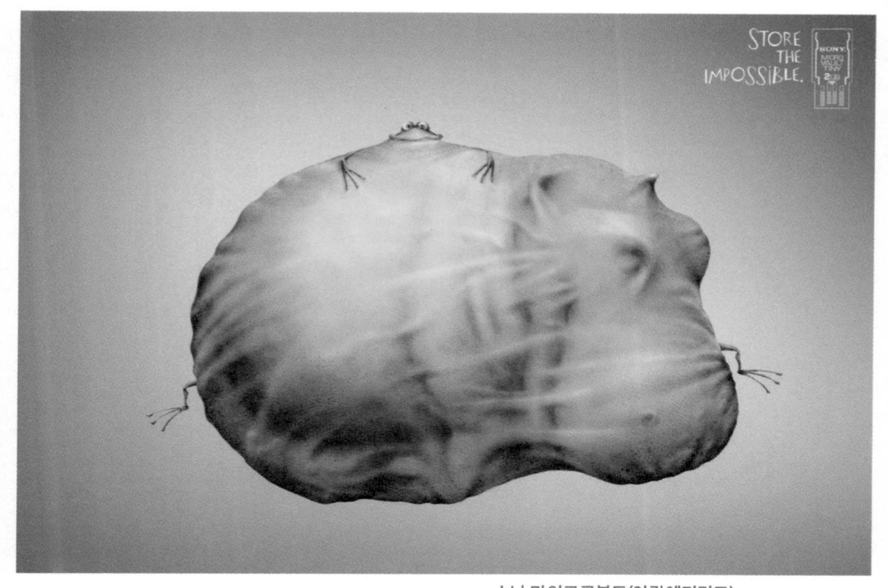

소니 마이크로볼트(아랍에미리트)

연애하면서 나쁜 기억이 있다면
곱게 포장해서 기억에 저장하지 말고 빨리 버려라.
좋은 기억을 저장할 공간도 모자라는데
나쁜 기억까지 저장해 뭐하겠는가.
괜히 싸우기만 한다.

나쁜 기억은 보관하지 마라

만약 무엇이든 처음 그 상태대로 보관하는 기계가 있다면 얼마나 편리할까. 비싼 한우뿐만 아니라, 젊은 시절의 미모나 한창 불타오를 때의 사랑도 그대로 보관할 수 있으면 얼마나 좋겠는가. 하지만 정말 그런 보관기계가 있다면, 나는 아마도 연애 중에 내가 잘못했던 일이나 여자가 잘못한 일에 대한 기억을 1순위로 보관할 것이다. 하지만 여자들은 딱히 보관을 하지 않아도 된다. 다들 알다시피, 여자들은 남자들의 작은 잘못 하나라도 조금도 상하지 않게 진공포장한 후 기억의 보관함에 차곡차곡 쌓아두었다가 필요할 때마다 찾아서 남자의 눈앞에서 흔들며 지난 과거에 남자가 어떤 잘못을 했는지 상기시켜주기 때문이다(하지만 남자의 경우 일주일만 지나면 웬만한 기억은 이미 사라진 후이다).

이런 상황에서 일방적으로 생생한 기억을 꺼내서 자신을 비난하는 여자를 보면, 남자는 그 사건에 대해 미미한 기억만 있을 뿐이라 정말 답답해한다(이럴 때는 여자에게 섭섭했던 일이나 여자와 싸웠던 일을 일기에라도 적어두고 싶을 지경이다). 대체 왜 여자들은 남자들에게 섭섭했던 기억이나 싸웠던 기억만 정성껏 랩에 싸서 보관하는 걸까? 이왕이면 남자친구에게 감동했던 일이나 남자친구와 행복했던 일을 잘 보관했다가 화가 날 때마다 꺼내서 마음을 진정하면 안 되는 걸까?

며칠 전의 일이었다. 여자친구가 우울한 표정이길래 이유를 물었는데, 대답이 정말 충격적이었다. "갑자기 당신이 저번에 출산장면을 보면서 아내가 여자로 안 보일 것 같다고 한 말이 생각났어. 정말 그럴 거야?"

자, 이제 왜 이 대답이 충격적인지 이야기해보자. 일단 여자친구는 '저번에'라고 했지만, 정확히 기억나지는 않는데 아마 '한달 전'쯤의 이야기였다. 그리고 나는 "네가 애 낳는 모습을 보면 네가 여자로 보이지 않을 것 같아."라고 말한 것이 아니라, TV 프로그램을 함께 보면서 출산장면이 나오길래 "어떤 부부상담사가 한 말인데, 남편이 아내의 출산장면을 보고 나서 아내를 여자가 아닌 어머니로 여기며 관계를 갖기 어려워하기도 한대." 정도의 이야기였다. (무엇보다 아무 맥락 없이 한 달 후에 여자에게 이런 기억이 떠오르는 이유는 뭘까?)

남자에 대한 섭섭함을 굳이 보관하지 말자. 그렇게 보관한 섭섭한 기억은 당신의 불만을 뒷받침할 근거는 되겠지만, 연인과 사이좋게 지내는 데는 전혀 도움이 되지 않는다. 또한 남자라고 할 말이 없어서 당신의 말을 가만히 듣고 있는 게 아니다. 그러니 남자에게 섭섭한 일이 생긴다면 그 자리에서 모두 풀어라. 있는 힘껏 괴롭혀서. 단, 다시는 그때의 기억을 꺼내서 남자를 두 번 죽이지는 마라. 보다 행복한 커플라이프를 위해 섭섭한 일에 대해서는 건망증 증세를 보여도 좋다.

폭스바겐 자동차(독일)

인간은 '개성'이라는 날카로운 가시를 가진 고슴도치다.
아무리 상대가 좋다고 해서, 오늘부터 사귀기로 했다고 해서
무심코 상대를 꽉 끌어안으면
당신과 상대 모두 상처투성이가 될 수도 있다.

거리를 지켜야 연애가 가능하다

성격차이 이별이란 없다

우리가 흔히 알고 있는 이별의 대표적인 이유 중 하나가 바로 '성격차이'이다. 그 '성격차이'라는 것이 얼마나 대단한지 전세계인의 주목을 받는 할리우드 스타부터 나의 불×친구까지 죄다 이별의 이유로 성격차이를 꼽는다. 그런데 성격차이로 이별한다는 것이 대체 무슨 뜻일까? 남자는 조용한 성격인데 여자는 너무 활발한 성격이라서? 여자는 꼼꼼한데 남자는 너무 털털해서? 대체 어떤 성격이 잘 맞고 어떤 성격이 잘 맞지 않는다는 것일까?

한 가지 확실한 점은 적어도 심리학적 관점에서 볼 때 '성격차이'로 이별했다는 말은 맞지 않는다는 것이다. 이미 많은 심리실험에서 사람은 자신과 다른 성격의 이성에게 호감을 느낀다는 결과가 나와 있고, 굳이 그런 연구결과를 찾아보지 않아도 우리 주위에는 절대 어울릴 것 같지 않은 성격의 남녀가 사이좋은 연인으로 지내는 것을 목격할 수 있다.

물론 물과 기름처럼 성격차이가 심해서 절대로 섞일 수 없는 사람들도 있다. 그렇더라도 그런 남녀가 애초에 서로에 호감을 느끼지도 못하고 연인 관계가 되지도 못하는 것은 아니다. 결국 성격차이로 이별했다는 사람들은 겉으로는 크게 드러나지 않은 작은 차이에서 염증을 느끼다가 이별을 하게 되는 것이다.

그렇게 보면, 성격차이란 자신의 이별에 대한 정확한 이유를 찾지 못한 사람들의 변명일 뿐이다. 별다른 이유 없이 연애하고 상처받고 결국 이별의 결말을 맞는 커플들의 이별사유는 '성격차이'가 아닌 '개인간격 미준수' 때문이라고 생각한다.

너무 가까이 다가가면 상처받는다

사귀기 직전까지만 해도 이보다 더 완벽한 소울메이트는 없을 것 같았지만, 막상 사귀고 나니 이런 성격파탄자가 따로 없다고 느끼는 이유는 무엇일까? 정말 서로 성격이 맞지 않아서인가? 그것은 당신이 상대에게 너무 가까이 다가갔다는 증거이다.

실시간 세계인구자료를 제공하고 있는 월드미터스(www.worldometers.info/world-population)에 따르면 2016년 10월을 기준으로 현재 세계인구는 74억 명 이상이라고 한다. 이 말은 (사람을 하나의 개성으로 계산한다면) 곧 지구상에 74억 개 이상의 개성이 있다는 뜻이다. 그리고 사람마다 단 하나의 개성만 있는 것이 아니다. 우리가 사람을 만날 때는 그 사람의 수많은 개성 중 특별히 눈에 띄는 개성으로 그 사람을 평가할 수밖에 없다.

> "지금까지 당신에게 아주 완벽하게 맞는 사람을 만난 적 있는가? 상대가 당신에게 완벽하게 맞춰주고 당신도 상대에게 완벽하게 맞춘 경험이 있는가?"

그런 이유에서 우리는 처음에는 자신과 아주 잘 맞는 사람이라고 생각했다가 그 사람과 사귀고 나서는 속았다는 느낌을 받게 되는 것이다. 하지만 이것은 상대가 당신을 유혹하기 위해 특정 성격을 감춘 것이 아니라 당신이 그 사람의 개성을 전부 파악하지 못했던 것이며, 상대도 마찬가지로 당신의 새로운 모습에 당황하고 있을 것이다.

이것은 누구의 잘못도 아니다. 사람은 누구나 수많은 개성이 있고 그중 상당수는 상대에게 상처를 주는 개성이다. 나와는 다른 사람과 연애를 하기 위해서는 서로의 개성을 인정하고 그 개성에 자신이 상처받지 않을 정도로 거리를 유지해야 한다.

거리를 유지해야 한다는 말에 다소 반감이 들 수도 있다. "그럴 거면 왜 연애를 해?" "사랑하면 그 정도는 감수해야 하는 거 아냐?" 등의 다소 이상적인 논리를 주장하는 로맨티스트들이 많겠지만, 그런 주장을 하기 전에 딱 한 번만 생각해보자. 지금까지 살아오면서 당신에게 아주 완벽하게 맞는 사람을 만난 적 있는가? 그 정도는 아니더라도 상대가 당신에게 완벽하게 맞춰주고 당신도 상대에게 완벽하게 맞춘 경험이 있는가?

사람이 누군가를 위해 자신을 완전히 바꾼다는 것은 불가능하다. 이 불가능을 바라며 상대에게 강요하는 것은 인간이라는 고슴도치에게서 '개성'이라는 가시를 억지로 뽑는 행위이다. 당신이 상대를 바꾸려고 다가갈수록 당신은 상대의 가시에 찔려 피를 흘릴 것이고, 상대도 당신의 가시에 찔려 피를 흘릴 것이다.

사랑한다고 해서 서로에게 있는 가시를 억지로 뽑으려고 하지 말자. 당신과 상대가 적당한 거리를 유지하며 연애를 한다면, 그 어떤 가시도 서로에게 상처가 되지 않을 것이다.

소니 헤드폰(파나마)

연애를 할 때는 최대한 주위 사람들의 말을 가려 들어야 한다.
친구나 당신이나 연애경험치는 큰 차이가 없을 것이며,
당신이 친구들 조언 중에서 자신이 듣고 싶은 말만 취사선택해
잘못된 선택을 할 확률이 높기 때문이다. 그래도 조언이 필요하다면,
당신과 생각이 다른 친구의 조언에 귀 기울여보자.
그 조언이야말로 당신이 놓치고 있던 부분일 확률이 높다.

친구들도 모른다

술자리에서 절대 빠지지 않는 이야기가 있다면, 아마 정치 이야기, 자신들의 리즈 시절 이야기, 그리고 연애 이야기일 것이다. 처음에는 별생각 없이 꺼낸 연애 이야기도 술이 조금 들어가면 필요 이상으로 진지하게 전개된다. "야! 그런 남자를 왜 만나냐!" "확 고백해!" "그럴 때는 이렇게 해." 등 쏟아지는 충고에 당신은 갑자기 연인에게 화가 나기도 하고 뜬금없는 고백을 계획하고 인터넷소설식의 연애기술을 배운다. 이런 친구들의 충고, 과연 당신의 연애에 도움이 될까? 친구들의 충고를 들으면 연애를 망치는 이유에 대해서 생각해보자.

충고하는 친구 자신도 연애를 못한다

짝사랑 중인 30대 회사원 모태솔로 B양에게 좀더 적극적으로 상대에게 대시해보라고 조언했다. 그녀는 어이없다는 시선으로 "친구에게 물어보니까 남자는 여자가 먼저 연락하면 우습게 본다고 하던데요?"라고 대꾸했다. 그런 그녀에게 나는 "그렇게 말한 친구는 맘 먹은 대로 남자를 유혹하고 있긴 해요?"라고 되물었다. B양은 표정이 구겨졌지만 아무 말도 하지 못했다.

친구의 충고를 한참 듣다 보면 친구의 말이 맞는 것 같고 그 충고대로 해야 할 것 같다. 그 충고가 얼마나 효과적일지 따지기 전에, 친구가 당신에게 연애충고를 할 만큼 연애를 잘하는 사람인지 생각해보자. "야! 그런 남자를 왜 만나냐!"라고 말하는 친구에게 남자친구가 있는가? 있다면 스스로 뿌듯할 정도로 괜찮은 남자친구인가? "확 고백해!"라고 말하는 친구는 말을 꺼내는 즉시 어느 누구라도 넘어올 정도로 언어의 마술사이거나 유혹의 페르몬이 철철 넘치는 사람인가? "그럴 때는 이렇게 해."라고 연애 고수인 척하는 친구는 자신이 말한 비법을 실제로 활용하는 사람인가?

당신의 연애에 참견하는 친구들은 하나같이 다 널 위

해서 하는 이야기라고 말을 꺼내지만, 솔직히 당신의 친구들이 진심으로 충고를 하는 것도 아니다. 그냥 수다를 떨다 보니 소재가 떨어지고 당신의 연애가 살짝 답답해 보이니 이런저런 말을 던지는 것이다.

돌이켜봐라. 당신도 누군가의 연애에 훈수를 둔 기억이 있지 않던가. 그때 당신은 정말 친구를 위하는 마음에서, 당신이 연애를 정말 잘해서 충고를 한 것인가? 아무리 친구의 말이 그럴듯하게 들려도 친구의 연애충고는 심심풀이 수다일 뿐이라고 생각하자.

친구의 연애충고는 잘못된 선택을 부추긴다

친구의 충고가 모두 쓸모없는 것은 아니다. 가끔 주변에 훌륭한 연애상담가의 자질이 있는 사람이 있을 수도 있고 당신이 전혀 생각지도 못했던 부분을 지적하는 사람도 있을 수 있다. 하지만 친구의 연애충고가 위험한 이유는, 사람에게는 자신이 듣고 싶은 것만 들으려는 경향이 있기 때문이다.

예를 들어, 연락을 자주 안 하는 남자친구 때문에 고민하는 당신은 두 가지 상반된 조언을 들을 수 있다. 한 친구는 "남자들은 원래 연락 잘 안 하더라. 그 문제로 좀 진지하게 나중에 대화해봐."라고 충고하는 반면, 다른 친구는 "○○남친은 맨날 연락하던데. 아무래도 네 남친이 이상하다. 따끔하게 한마디 해."라고 한다. 당신은 어떤 충고에 반응하겠는가. 많은 경우에 자신의 분노를 선동하는 친구의 말에 넘어가 남자친구에 대한 불만을 키울 것이다.

충고의 순기능은 스스로 느끼지 못하는 자신의 잘못이나 결함을 깨닫게 하는 데 있다. 그런데 당신은 여러 충고 중에서 자신의 마음에 쏙 드는 충고만 골라들음으로써 자신이 이미 마음먹은 행동의 기폭제로 사용한다. 결국 함량 미달의 연애충고와 듣고 싶은 말만 듣는 인간의 본능이 결합되어서, 당신은 불필요한 갈등을 일으키고 준비가 덜 된 고백을 하며 인터넷소설에 나오는 효과가 전무한 연애기술을 쓰게 된다.

듣기 싫은 충고도 귀 기울여 치열하게 고민하라

양질의 연애충고는 당신에게 도움이 된다. 하지만 그보다는 자신만의 치열한 고민이 더 중요하다. 친구가 그럴 듯한 충고를 했다고 한들 그 행동을 실행하는 것은 당신이며 그 행동에 따른 책임을 지는 것 역시 당신이기 때문이다.

연애 이야기를 하다가, 친구들이 당신에게 속사포처럼 연애충고를 쏟아낸다면 괜히 심각해지지 말고 맞장구를 치면서 그 자리를 웃으며 즐겨라. 그러다 당신이 끌릴 만한 충고가 아니라 듣기 싫은 충고가 들린다면 그 친구와 논쟁할 필요 없이 혼자서 치열하게 자문자답하며 고민해라. 당신이 듣기 싫은 충고는 분명 당신이 알고 있거나 혹은 모르고 있는 치부를 건드렸다는 뜻이고, 그 충고야말로 진짜 문제를 지적했을 확률이 높기 때문이다.

충고라고 모두 좋은 것이 아니다. 충고의 순기능을 극대화하기 위해서는 좋은 사람에게 좋은 충고를 듣고 스스로 충분히 고민하며 잘 소화시켜야 한다. 달콤한 충고보다 쓰디쓴 충고에 귀를 기울이면서 취사선택하자. 친구들이 던진 한두 마디 충고를 맹신해 연인과의 사이를 망치는 실수를 하지는 말자.

잡지 Vanguardia(에콰도르)

연애 초기에 연인에게 뭔가 털어놓고 싶을 때
딱 하나만 생각하자.
아무것도 감추지 않은 순도 100퍼센트 당신의 모습은
상대에게 부담스럽거니와 갈등도 일으킬 수 있다는 점을.
그러니 쓸데없이 당신의 속살을 공개하지 마라.

처음부터 벌거벗은 당신을 사랑하지는 않는다

당신의 치부까지 100퍼센트 이해해줄 사람은 없다

몇 년 전에 매회마다 숱한 화제를 뿌리는 〈짝〉이라는 방송 프로그램에 4차원 남자가 출연했다. 다른 남자들이 여자들의 마음을 얻기 위해 동분서주할 때, 그는 얼굴에 괴상한 화장을 하고 "제 몸의 반은 여자입니다."라는 14차원 발언으로 모든 참가자를 멘붕상태에 빠뜨렸다. 더 당혹스러웠던 것은 그가 내세운 이유였다. 살면서 어떤 최악의 상황이 닥칠지 모르니 이런 모습까지 감수해줄 여자를 만나기 위해서 괴상한 행동을 했다는 것이다.

모든 사람이 이런 난감한 행동을 하는 것은 아니지만, 연애 초기에 굳이 밝히지 않아도 될 이야기를 먼저 구구절절 털어놓아서 상대를 난감하게 하는 경우를 많이 보았다. "사실 우리집 경제 사정이 좋지 않아." "나 학자금 대출이 엄청 많아." "내가 예전에 누구를 사귀었는데……." 등등 집안의 우환이나 좋지 못했던 과거사를 털어놓고는 회초리 맞기 전 초등학생의 눈으로 연인의 반응을 살핀다.

사랑하는 사람과 본격적인 연애를 시작하기 전에 자신의 치부를 드러내 상대에게 이해받고 싶어 하는 심정은 충분히 이해된다. 하지만 연인의 입장은 당신과 다르다. 이제 좀 괜찮은 사람을 만났나 싶은데, 갑자기 감당하기 힘든 이야기를 쏟아내는 당신을 보며 상대는 얼마나 난감하고 곤란하겠는가. 정말 미안한 마음이었다면 사귀기 전에 말할 것이지 이미 사귀기 시작한 상태에서 한방에 털어놓는 것은 또 무슨 경우란 말인가.

그렇다고 당신의 치부를 꽁꽁 감췄다가 결혼식 전날 이벤트하듯 공개하라는 말이 아니다. (그것은 결혼 사기이다!) 다만 달콤한 연애를 본격적으로 시작하기도 전에 옷을 홀렁 벗어서 자신의 치부를 공개하고 상대에게 이해를 강요하지는 말라는 것이다.

당신에게 말 못할 비밀이 있다면 사귀자마자 털어놓을 것이 아니라 당신의 사랑을 상대에게 충분히 보여준 후에 차근차근 털어놓도록 하자. 어차피 언젠가는 다 알아야 할 것들이지만, 그래도 갑자기 모든 것을 받아들이기에는 상대가 부담스러울 수 있다(물론, 비밀의 경중에 따라 사전에 밝혀야 하는 것도 있다).

과도한 솔직함이 갈등을 부른다

막 연애를 시작한 사람은 문자 그대로 눈에 뵈는 게 없다. 오로지 자신의 반쪽인 연인밖에 안 보이며 그런 연인에게 잘 보이기 위해서 자신의 과거사를 불필요하게 까발리기 시작한다. 연인을 너무 사랑해서 모든 것을 보여주고 싶은 상태이다.

대학동기인 L군은 얼마 전에 과도한 솔직함으로 여자친구와 대판 싸우고 서로 시간을 갖기로 했다. L군은 여자친구가 얼마나 소중한 존재인지 어필하기 위해 노력한 것뿐이라고 변명했다. L군의 문제는, 그 노력이라는 것을 하면서 과거 연애사를 자꾸 꺼냈다는 것이다. "예전에 만났던 여자친구는 아는 남자가 아주 많아서 내가 너무 힘들었는데, 우리 ○○는 인간관계를 잘 관리해서 정말 좋아!"라는 식으로. 여자친구에게 점수를 따고 싶은 L군의 마음은 충분히 알겠지만, 방법이 잘못되어도 한참 잘못되었다.

여자친구가 얼마나 예쁜지 또 얼마나 매력적인지 설명하기 위해서 옛 여자친구와 비교하는 남자의 마음을 100퍼센트 이해할 여자가 얼마나 될까. 하지만 남자는 거기까지는 생각하지 못한다. 오직 수단과 방법을 가리지 않고 현재의 여자친구에 대한 호감을 표현하고 싶은 것이다(옛 여자친구에 대한 험담도 이런 심리에서 나온다).

여자에게 옛 여자친구 이야기까지 이해해달라고 하는 것은 무리겠지만, 남자가 "옛 여친은 초콜릿 바구니를 사줬는데 넌 왜 가나초콜릿만 사줘?"라고 말하는 게 아니라면(이런 남자는 서둘러 차버리는 게 정신건강에 좋다), 그냥 다독여주자. "아가야 나한테 네 과거를 다 털어놓고 싶은 거니? 우쭈쭈~" 하면서(물론, 다음부터는 옛 여자친구 이야기를 꺼내지 말라고 못 박는다).

분명 솔직한 태도는 좋다. 하지만 솔직해야 할 것이 있고 혼자 가슴속에 담아둬야 하는 것이 있다. 과도한 솔직함은 연인에게 기쁨이 되기는커녕 불필요한 갈등만 일으킨다는 점을 명심 또 명심하자. 당신의 속마음이 어떠하든 당신의 과거 이야기로 깜짝 놀라고 불편해할 연인을 배려할 줄 아는 현명한 연인이 되길 기원 또 기원하겠다.

4장 마음은 형태를 취한다

ATMA 헤어드라이어(아르헨티나)

여자는 튕겨야 한다는 생각으로 잘될 뻔한 연애를 망치는 경우도 많다.
여자들이여, 도도한 여자를 좋아하는 남자는 없다.
다만 여자의 매력에 푹 빠졌을 때
여자가 도도하게 나와도 참고 만나는 것뿐이다.
도도하게 연애하고 싶은가?
우선 남자가 당신의 매력에 푹 빠지게 하라.

도도함은 매력이 아니다

도도한 여자를 좋아하는 남자는 없다

대한민국의 많은 여자들이 연애에 소극적이다. 여자친구들끼리 있는 자리에서, 한 친구가 "저번에 소개팅한 사람에게서 연락이 없네. 먼저 연락해볼까?"라고 하면 주변 친구들은 호들갑을 떨며 "여자는 튕겨야지." "여자가 먼저 연락하면 남자가 쉽게 봐." "남자가 좋아하면 먼저 연락할 거야."라고 말린다.

그렇다면 호감표현에 소극적이고 튕기는 여자를 남자들이 좋아할까? 도도함을 콘셉트로 내세우는 여자들에게는 안타까운 말이지만 도도한 여자에게 매력을 느끼는 남자는 결코 없다. 있다면 여자를 유형별로 만나는 문어발 연애관의 남자 정도?

상식적으로 생각해보자. 먼저 연락도 안 하고 만나자고 해도 바쁘다고 핑계대는 여자를 누가 좋아하겠는가? 유혹의 기초는 호감의 상호성이다. 내가 상대에게 호감을 표시해야 상대도 호감을 표시하는 법이다. 그러니 도도함의 콘셉트를 버리자.

당신이 호감을 가질 만한 남자라면 아쉬울 게 없는 사람이다

어떤 여자들은 "저 좋다고 따라다니는 남자들이 얼마나 많은데요." "다른 남자들은 먼저 강하게 대시했다고요." "남자가 원래 대시해야 하는 거 아닌가요?"라고 반문할지도 모른다. 그런 질문을 하는 여자들에게 잔인한 돌직구를 던지겠다. "당신을 좋아한다며 강하게 대시하고 따라다니던 남자 중에 당신이 끌렸던 남자가 있었던가?"

당신이 호감을 느낀 남자라면 그 남자는 적어도 당신만큼 매력 있고 인기 있는 사람이다. 당신에게 반해 죽자사자 따라다니는 남자와는 애초에 입장이 다른 사람이다. 그런 남자에게 당신을 마냥 따라다니는 남자들의 열정을 바란다는 것은 넌센스가 아닐까?

소개팅 자리에서는 서로 어느 정도 호감을 보인 것 같았고 대화도 잘 통했고 괜찮은 남자라고 생각했는데, 집에 돌아와보니 연락도 없고 반응이 뜨뜻미지근한가? 그건 이상한 것이 아니라 당연한 것이다. 당신이 지금 팔짱을 끼고 재고 있는 것처럼 남자도 재고 있기 때문이다. 당신도 남자도 서로 크게 아쉬울 것 없으니 굳이 적극적으로 나가고 싶지는 않기 때문이다.

남자가 적극적으로 나오지 않아서 속을 태우고 있는가? 그런 고민은 그만큼 당신이 매력적인 남자를 만나고 있다는 증거이고 당신이 이미 상대에게 호감을 느끼고 있다는 결정적인 증거이다. 자, 이제 선택하라. 상대의 마음을 갖기 위해 전투적으로 유혹에 임할 것인지 아니면 어디 써먹을 데도 없는 자존심을 지키기 위해 방구석에서 자존심 싸움을 하며 외로움을 달래고 있을 것인지.

먼저 연락하면 남자는 달려온다

그렇다면 누군가에게 호감을 느꼈을 때 무조건 폼 안 나게 먼저 연락하고 유혹해야 하는가? "물론 그렇다!" 앞서 말했듯이, 도도하고 수동적인 여자에게 호감을 느낄 남자는 없으며, 무엇보다 당신이 호감을 느낄 정도의 남자라면 아쉬울 게 없을 테니까.

너무 비관하지는 마라. 먼저 연락하고 유혹해야 한다고

해서 평생 남자에게 을로서 살아야 한다는 의미는 아니니까. 남자라는 동물은 다행히 당신이 생각하는 것보다 약아빠지지 않았다. 일단 처음에 당신이 유혹의 손길을 살짝 흔들어도 남자는 뜨거운 콧김을 뿜으며 당신에게 달려들 것이다.

오랜 지인인 L양의 경우가 그렇다. 소개팅에서 분위기는 나쁘지 않았는데 남자의 반응이 신통치 않았다며 아무 죄 없는 내게 짜증을 냈다. 보다 못한 나는 그녀의 휴대폰을 빼앗아 그 남자에게 카톡을 날렸다. “지금 뭐 해요? 설마 내 생각?” 이 카톡 메시지에 L양은 시키지도 않은 일을 했다면서, 여자가 먼저 이런 문자를 보내다니 다 망했다고 난리를 쳤다. 그러고 나서 모든 것을 체념하고 술을 들이켰다. 3분이 딱 지나자 남자가 “네. 당신 생각하고 있었어요. 어디예요? ㅋㅋ”라고 낯간지러운 메시지를 보내왔고 L양은 일주일 못 가던 화장실을 간 듯한 표정으로 카톡으로 대화하다가 그가 몰고 온 차를 타고 집으로 돌아갔다.

도도하게 연애하고 싶은가? 그럼 남자에게 팔짱 낀 채로 차가운 눈빛을 날리지 마라. 오히려 먼저 상대에게 연락하고 호감이 있음을 표현해라. 그렇게 표현해야 남자는 이 여자에게 가능성이 있다는 생각에서 당신에게 달려온다. 여자들이여, 일단 찔러봐라. 그래야 남자도 움직인다.

타바드 모기퇴치 스프레이(남아프리카공화국)

상대가 자신의 마음을 몰라준다고 서운해하거나 짜증낼 필요가 없다.
말을 하지 않으면 다른 사람의 마음을 알 수 없는 법이다.
원하는 게 있으면 말을 하자. 이보다 더 간단하고 확실한 방법은 없다.
윙윙거리는 모기 소리에 잠을 자지 못한다면 남편을 깨워서 말을 하자.
"모기퇴치 스프레이 좀 줘!"

원하는 게 있다면
직접
말하자

센스가 부족한 남자에게는 그냥 알려줘라

"남자들은 너무 센스가 없어." "내가 그렇게 표현을 해도 남친은 진짜 모르더라니까." "왜 이렇게 못 알아듣지?" 여자들이 흔히 하는 불평불만이다. 개인적으로는 여자들의 말에 일단 동의한다. 확실히 남자가 센스가 부족하고 여자가 은연중에 풍기는 뉘앙스를 알아채는 것이 늦거나 서툰 것이 사실이다. 하지만 남자에게 센스가 부족한 게 어디 어제오늘의 일이던가. 남자친구가 센스 없다고 불평하기 전에 한번 생각해보자. 살면서 만난 남자들 중에 정말 당신의 마음에 쏙 들 정도로 센스 있었던 남자가 몇 명이나 되던가. 당신의 불만대로 남자에게 센스가 부족하다면 당신이 잘 알려주는 게 어떨지.

한 가지 짚고 넘어가자. 과연 여자들은 센스가 넘치는가? 여자들은 남자친구가 사온 선물을 보면서 "대체 저런 물건은 어디서 보고 선물이라고 들고 오지?" "저걸 살 바에는 차라리 다른 걸 사겠다." 등의 말로 남자친구의 센스를 탓한다. 그래서 나는 여자들은 서로 어떻게 선물을 하는지 궁금했다.

나: 친구 K양에게 무슨 선물을 할 거야?

여자친구: ○○브랜드 아이섀도 사달라고 하던데. 그래서 좀 이따 백화점에 가보려고.

이건 또 무슨 상황인지……. 남자에게는 뭘 갖고 싶은지 말 한마디 안 하고 사온 물건을 타박하더니, 자기들끼리는 정확히 콕 집어서 사달라고 말하다니.

게다가 여자들이 흔히 하는 착각 중 하나는, 여자인 자신은 남자가 좋아할 만한 물건을 잘 고른다고 생각한다는 것이다. 한번은 여자친구에게 호피무늬 드로즈를 선물받은 적이 있다. 나는 포장을 풀자마자 아연실색했다. 부담스러워하는 내 기색이 역력하자 여자친구는 평소에 잘 안 입어서 그렇지 괜찮다며 날 안심시켰다. 그래, 난 내가 촌스러워서 그런가 보다 했다. 그러던 어느 날 친구들과 사우나에 가서 옷을 벗는데, 친구들이 내 호피무늬 팬티를 보더니 바닥에 뒹굴며 웃었다. 정말로, 당신의 센스가 뛰어나 당신이 준 선물에 아무 말도 안 하는 걸까. 내가 보기에는 남자들은 그냥 그러려니 넘어가는 게 아닌가 싶다.

독심술을 기대하지 마라

괜히 센스 있네 없네 타령하면서 자신이 남자에게 알아듣게 설명하지 못한 것을 합리화하지 말자. 당신도 남자가 아무 말 안 하면 그 사람이 뭘 원하는지 뭘 싫어하는지 알 수 없으면서, 해독불가능의 말을 해놓고 남자가 독심술을 발휘하기를 바라는가.

상황 1

여자: (토라져서) 됐어! 오늘 나 집에 혼자 갈 거야.

남자: (같이 화가 나서 돌아서면서) 그래, 그래라. 나도 간다.

여자: 그런다고 진짜 가냐? 이제 정말 끝이야.

상황 2

여자: (토라졌지만) 나 지금 화났어. 내가 집에 혼자 간다고 떼를 쓸 건데 오빠가 나 잡아주면 좋겠어.

남자: (속으로 당황스럽기도 하고 웃기기도 하면서) 하하. 그래, 내가 잘못했어. 내가 어떻게 하면 화가 풀리겠어?

상황 1은 돌이킬 수 없는 상태까지 갈등이 확대될 수 있다. 반면, 상황 2는 우스꽝스러운 한 편의 시트콤 같지만, 당신은 당신 나름대로 투정을 부릴 수 있고 남자친구는 웃으면서도 당신의 속마음을 알게 돼서 당신의 화가 풀릴 때까지 달래줄 것이다.

남자에게 뭔가를 원하는가? 그렇다면 직접 말하자. "자기야, 나 ○○○ 먹고 싶어!" "이번 생일엔 ○○○ 받고 싶어." "오늘은 ○○○하자."라고 말하자. 목마른 자가 우물을 판다고 했다. 남자친구가 당신의 말을 못 알아들어 속이 뒤집어질 것 같다면 그가 알아들을 수 있게 직접 이야기하자.

소니 PSP(스페인)

"지금 어디야?" "누구랑 있어?"
"전화한다고 했으면서 왜 안 해?"라고 남자를 구속하고 있지 않은가?
남자의 애정이 식었다고 느낄 때 여자들의 반응은 대체로 비슷하다.
변치 않은 사랑을 원한다면
남자의 턱을 붙잡고 당신만 보게 할 게 아니라,
남자로 하여금 당신 없이는 도저히 살 수 없게 만들어라.

구속하지 말고
떠날 수 없게
만들어라

남자는 무한동력장치가 아니다

이유는 알 수 없지만 남자친구의 애정이 식었다는 경고 메시지가 머릿속에 뜨는 순간 여자는 복잡한 감정에 휩싸인다. "이러다 권태기에 빠지는 거 아니야?"라는 걱정을 하는 한편, "이제 나는 잡은 물고기라는 거지?"라며 남자를 향한 서운함과 원망스러움에 남자를 구속하라는 악마의 속삭임에 쉽게 넘어간다.

애정이 식었다고 남자친구를 원망하기 전에, 당신이 그의 애정도를 끌어올리기 위해 어떤 노력을 했는지 따져보자. 남자는 무한동력장치가 아니다. 무엇이든 움직이려면 에너지가 필요하고 에너지가 떨어지면 멈추게 되어 있다. 남자친구가 예전처럼 애정을 표현하기를 원한다면, 차에 기름을 넣듯 그의 애정이 식기 전에 미리 애교와 이벤트로 애정을 끌어올렸어야 하는 게 맞다. 그런데 당신은 무엇을 했는가?

꼭 남자만 데이트코스를 짜고 기념일 이벤트를 준비하고 서프라이즈 선물을 해야 하는 것은 아니다. 때로는 당신이 나서서 데이트를 리드하고 색다른 기념일 이벤트를 준비하고 회사 일로 지친 남자친구에게 서프라이즈 선물을 해야 한다. 그런데 당신은 그렇게 했던가?

모든 여자들이 남자에게 바라기만 하는 것은 아니지만, 확실히 여자의 경우 남자에게 사랑을 갈구하는 경향이 큰 반면에 남자를 기쁘게 하기 위한 노력이 조금 부족한 것이 사실이다. 바라는 만큼 해줘야 한다는 솔직한 말이 듣기 거북하다면, 적어도 남자친구의 애정이 식었을 때 그가 변했다고 원망하고 구속하는 행동만은 자제하자. 구속하려는 행동은 상황을 악화시킬 뿐이다.

당신 없이는 못 살게 만들어라

여자 지인 중에는 한번 만났다 하면 모든 남자가 그녀를 죽자사자 쫓아다니게 만드는 마력의 소유자가 있다. 얼마 전에 그녀의 사소한 몇 가지 고민을 상담해주면서 그대가로 모든 남자를 노예(?)로 만드는 그녀만의 기술에 대해 물어봤다. 예상 외로 그녀의 대답은 아주 간단했다.

"그거 아무것도 아니야. 그냥 남자가 나 없이는 아무것도 못 하게 만들면 돼! 영양제 챙겨주는 일부터 모닝콜과 자장가는 기본이고 옷도 입혀달라고 하면 나는 옷도 입혀줘. 그렇게 하면 처음에는 으쓱해서 기고만장하다가 좀 지나면 나 없이는 아무것도 못 하게 되고 헤어져도 나만 계속 찾게 되는 거야."

처음 그녀의 말을 듣고는 예쁘고 능력도 있는 그녀가 굳이 잘해주기까지 해야 하는 이유가 의아했다. 그러다 생각이 곧 바뀌었다. '아, 그렇겠네. 뭐 하나 아쉬울 것 없는 여자가 A부터 Z까지 다 해주는데, 어떤 남자가 벗어날 수 있을까?'라고.

확실히 그녀는 영리했다. 머리 굴리지 않고 쿨하게 남자에게 헌신해서 이런 여자는 진짜 없겠다고 각인시켜서 다른 생각을 못 하게 하지 않는가. 그런데 어째 익숙한 방법이다? 그렇다. 남자들이 당신들을 그렇게 유혹하고 있지 않은가?

세상에 이런 남자는 없을 것처럼 헌신적으로 대해서 남자친구가 당신의 마음을 얻지 않았던가? 그런 그가 변하니 기분이 어떤가? 분하면서도 오기가 생기고 집착하게 되지 않는가? 당신도 할 수 있다! 지금부터 남자로 하여금 당신 없이는 아무것도 못 하게 만들어보자.

올림푸스 망원경(호주)

잘 만나고 있던 연인이
뭔가 달라졌다는 생각이 든다면
가만히 스스로에게 물어보자.
"지금 내가 상대방과 너무 가까이 있는 것은 아닐까?"

너무 가까이 있으면 제대로 볼 수 없다

우리는 어떻게 연애를 시작하고 어떻게 이별을 하는가? 연애를 시작했을 때를 돌이켜보자. 누구나 연애 초기에는 상대를 볼 때마다 초당 100,000,000,000,000회쯤 가슴이 뛰며 이 세상 모든 것이 아름다워 보인다. 친구들에게 연인을 자신 있게 소개하면 개중에는 "어디가 좋다고 그러냐?"라고 눈치 없게 핀잔을 주는 사람들이 꼭 있다. 그런 트집에 당신은 흥분해서 "네가 알긴 뭘 알아?"라고 연인의 장점을 있는 대로 꼽을 것이다.

시간이 흘러 상대에 대한 단점이 하나둘씩 보이기 시작하면 불평불만이 늘어나고 주변 사람들에게 하소연을 하기 시작한다. 이때에도 꼭 한 명쯤은 얄미운 목소리로 "야, 그게 뭐 어때서. 원래 다 그래."라고 핀잔을 준다. 아마

이때도 당신은 처음 친구들에게 연인을 소개했을 때처럼 화를 내며 "네가 알긴 뭘 알아?"라고 상대의 단점을 있는 대로 꼽을 것이다.

사랑에 빠졌을 때는 상대의 장점만 현미경 들여다보듯 바라보며 행복해하다가, 마음이 조금 식고 감정 싸움을 몇 번 하고 난 후에는 30만 배 고배율 전자현미경으로 상대의 단점만 바라보니 연인 관계가 오래 지속될 수가 없다.

한번은 여자 지인에게 내 친구를 소개한 적이 있다. 함께한 술자리에서 지인은 내 친구들 중 한 명에게 반했고, 괜찮은 사람인 것 같다고 은근히 소개를 부탁했다. 나는 그 친구에 대해 솔직히 털어놓았다.

나: 그 놈이 매력적이긴 한데, 어디 감당할 수 있겠어? 아는 여자가 많아.

그녀: 재미있는데다 매너도 좋으니 다른 여자들에게 인기 있는 건 당연하지.

결국 그녀는 그 친구와 사귀게 되었는데 그 이후의 이야기는 뻔하다. 하루가 멀다 하고 그녀는 내게 전화해서 하소연했다. "아니, 여자친구인 내가 있는데 어떻게 그럴 수가 있어?" "나한테 잘하긴 하지만 이제 다른 여자들과는 연락을 끊어야 하는 거 아니야?" "괜히 여기저기 웃음을 뿌리며 다니는 거 아니야?" 등 그녀는 상대의 단점을 몰랐다는 듯이 울먹였다.

사실 상대는 원래부터 그런 사람이었다. 사랑하는 사람을 보는 당신의 눈이 장점만 보다가 이제는 단점만 볼 뿐이다.

따라서, 사랑할 때는 상대의 장점과 단점을 모두 바라볼 수 있게 열 발자국 떨어져서 보라. 사랑을 시작할 때는 열 발자국 뒤에서 상대의 단점을 하나의 개성으로 받아들이려고 노력하고, 또 이별을 직감할 때는 열 발자국 뒤에서 상대의 장점을 보려고 노력해야 한다. 아무리 노력해도 상대와 이별할 수밖에 없다고 느낄 때는, 적어도 상대에게는 아무 문제가 없으며 상대를 바라보는 자신의 눈이 문제라고 생각해야 한다.

기억해라. 상대에게는 아무런 문제가 없다. 그저 당신이 보고 싶은 것만 바라봤던 것이다.

유아용품 브랜드 플레이텍스(미국)

우리의 아기 같은 행동이 상대를 얼마나 지치게 하는지
또 얼마나 미치게 하는지 알아야 한다.
서운한 게 있으면 알아듣게 분명히 이야기하고
상대가 감당할 수 있을 정도로만 화를 내자.
다 행복해지자고 하는 연애이다.

아기 같다고 다 좋은 것은 아니다

뭐든 적당히 하라

진지한 눈빛으로 "우어우어" 옹알이를 하던 아기가 당신이 옹알이 뜻을 알아듣지 못하자 짜증이 나서 과자를 집어던졌다고 가정해보자. "왜 그래, 아가야~ 뭐? 우유 줄까?"라며 아기의 비위를 맞추려고 할 것이다. 그런데 아기는 분이 덜 풀렸는지 "우어우어~~~"라며 발길질을 했다. 당신은 귀여운 아기의 발길질을 몇 대 맞아주며 "왜 그래, 아가야~ 이모가 잘못했어."라고 또 다시 아기의 기분을 풀어주려고 노력할 것이다. 그런데도 아기가 경기 일으킬 듯 발버둥을 치며 울기 시작했다. 그런 상황이라면 당신은 어떤 생각을 할까?

회사에서 인간관계가 원만하기로 소문난 N양은 의외

로 남자친구와 사이가 좋지 않다. N양은 내게 그 이유를 이렇게 설명했다. "남자친구는 자신이 먼저 잘못을 하고선 자기 잘못을 잘 모르는 것 같아요. 그래서 한마디 하면 남자친구는 건성으로 미안하다고 하고 저는 기분이 풀리지 않아서 결국엔 크게 싸워요."

당신에게는 다소 충격적인 말이겠지만, 남자는 당신이 무엇 때문에 화가 나고 불만스러워하는지 이해하지 못한다. 당신과 남자친구는 서로 원하는 바가 다르고 화를 내는 포인트도 다르기 때문이다. 하지만 당신이 화를 내면 일단 남자는 당신을 진정시키고 달래기 위해 최선을 다할 것이다. 그런데 "뭘 잘못했는지 알고 미안하다고 하는 거야?" "정말 미안한 게 맞아?" "됐어, 됐다고!" "맨날 미안하다는 말만 하고 전혀 고치지도 않으면서!" "대체 내가 몇 번이나 말을 하냐고! 지금 내 말 무시하는 거야?"라고 수위를 높여가며 화를 내면, 남자는 당신을 달래는 것을 포기하게 된다. 그뿐만 아니라, "내가 뭘 그렇게 잘못했는데!" "나더러 뭘 어쩌라는 거야?" "그래, 네 마음대로 해!" "내가 언제 그랬다고 그래?" "그러면 너한테 잘해주는 사람을 만나든가!"라고 되려 화를 낼 것이다.

화가 나면 화를 내고 짜증이 나면 짜증을 내라. 하지

만 남자가 당신의 눈치를 보며 비위를 맞추려고 하는 것처럼 당신도 화를 내고 짜증을 내면서 남자의 기분을 살피고 수위를 조절해야 한다. 당신이 130퍼센트 옳고 남자가 200퍼센트 잘못했다고 해도, 당신의 반응이 남자가 견딜 수 있는 분노와 짜증의 한계치를 넘어선다면 남자는 폭발하고 말 것이다.

당신의 비위를 맞춰가며 쩔쩔매는 남자의 모습을 보고 싶다면, 남자가 견딜 수 있는 수위를 정확히 파악해서 딱 그보다는 0.1센티미터 모자란 정도까지만 화를 내고 짜증을 내라. 그 후에는 영화 〈300〉의 페르시아 왕처럼 '나는 관대하다'라는 마인드로 남자친구를 용서해주자. 그러면 남자친구는 당신에게 고마워할 뿐만 아니라 속으로는 '이렇게 빨리 싸움이 끝나다니. 우리는 정말 잘 맞아!'라고 착각할 것이다. 어떤가? 당신이 바라는 것이 이런 상황이 아니었나?

화를 낸 후에는 꼭 남자를 달래주자

귀엽지만 무자비한 아기 이야기로 돌아가보자. 발버둥을 치며 우는 모습으로 당신의 분노게이지를 최대로 끌어올린 아기도 당신이 잘 얼러주자 울음을 그쳤다. 이제 좀

안도하며 아기는 안 낳겠다고 딩크족 선언을 하려는 찰나에 아기가 까르르 웃으며 당신에게 안겨온다. 당신은 그간의 고생은 잊고 아기에게 다시 빠질 것이다.

어떤 정당한 이유로든 화를 내고 짜증을 냈다면 마음이 풀린 그 순간에 당신의 화와 짜증을 받아준 남자를 달래야 한다. 사과를 하든 애교를 부리든 당신만의 방법으로 달래라. 남자는 당신의 불만에 100퍼센트 공감할 정도로 센스가 있지 않다. 그도 충분히 당신에게 변명하고 싶고 억울해하기도 할 것이다. 하지만 남자는 당신의 분노를 성실히 받아주지 않았던가.

원인제공자이기도 하지만 당신이 흥분해서 쏟아낸 말을 성의껏 온몸으로 막아낸 남자친구를 위해 적당한 애교로 기분을 풀어주자. 아기의 예측할 수 없는 울음에 딩크족을 고려하던 당신이 언제 그랬냐는 듯이 아기의 재롱에 행복해하는 것처럼, 당신을 달래느라 지친 남자친구도 당신의 애교에 마음이 녹으며 '그래, 내가 잘못했지. 이렇게 예쁜 여친인데."라며 잠시나마 떠올렸던 이별 생각을 머릿속에서 지울 것이다.

유니세프 예방주사 캠페인(우크라이나)

남자친구의 행동을 고치고 싶은가?
그렇다면 잔소리를 하지 말고 차라리 아픈 척을 해라.
당신의 잔소리와 짜증은 남자친구를 더욱 삐뚤어지게 하지만,
당신이 고통스러워하는 모습을 보이면 남자는 그 행동을 멈출 것이다.

화를 내느니 차라리 아픈 척하라

화를 내야만 알아듣는 남자라면 차라리 헤어져라

연애상담을 하며 가장 듣기 싫은 말들 중 하나는, "제 남자친구는 화를 내야만 그제야 알아들어요."라는 말이다. 정말 이해할 수 없는 노릇이다. 인상을 구기고 화를 내야만 대화가 통하는 사람이라면 대체 왜 그 남자를 만나는 것일까? 차분하고 이성적인 대화를 해보려고 끊임없이 시도했는데도 남자가 대화를 거부하고 당신이 화를 내야만 말을 알아듣는다면 그 남자를 차버리는 게 낫다.

단, 그 전에 하나만 생각해보자. "당신이 지금껏 만났던 남자들 중에 화를 내지 않아도 당신 말에 잘 따라준 남자가 있었던가?" 만약 이 질문에 예스를 외칠 수 있다면, 그 망나니 같은 남자를 차고 당신 말에 잘 따라주는 남자를 찾아 떠나야 한다. 하지만 기억을 아무리 뒤져봐도 항상 남자에게 짜증내고 화를 냈다면 당신의 대화법이 잘못되었을 수도 있다는 사실을 깨달아야 한다.

"저도 차분히 말로 풀어야 한다는 것은 알아요. 하지만 너무 화가 나는 걸 어떡해요?"라고 감정조절이 힘들다고 하소연하는 여자들도 있다. 누누이 말하지만, 사람은 감정적인 동물이고 감정을 참는다는 것은 거의 불가능에 가깝다. 그렇게 잘해줬건만 내 마음은 몰라주고 내 속을 뒤집는 남자의 행동을 보고 있노라면 누구라도 주먹을 불끈 쥘 것이다.

도저히 참지 못할 정도로 화가 난다면 화를 내라. 하지만 화를 내면서도 속으로는 자신이 감정을 조절하지 못하고 있으며 감정만 앞서는 행동을 하고 있다는 사실을 정확히 인지하라. '아, 또 내가 화를 내버렸구나.' '화를 내봤자 해결될 일도 아닌데.' '잘 참아지지 않네.'라고 생각하다 보면, 적어도 화를 내는 시간이 짧아지고 화를 낸 후에 남자에게 쿨하게 사과할 수도 있다. 당신이 화를 내는 패턴이 변하면 남자도 반박하기보다는 미안해할 것이다.

당신이 화를 내는 원인을 남자친구의 탓으로만 돌리면 그가 저지른 잘못에 비해 훨씬 더 지나치게 화를 내게 될

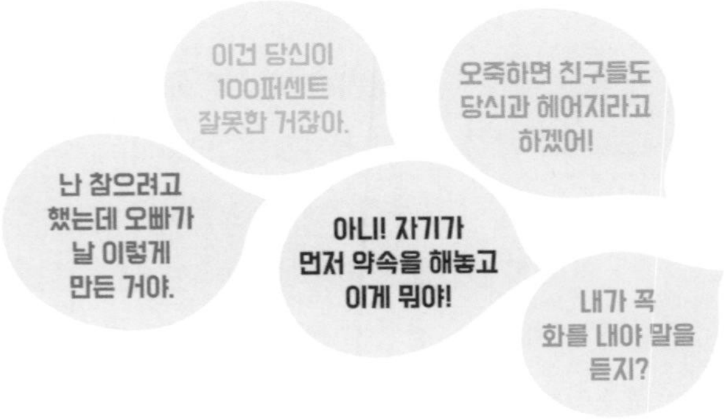

것이고 당신에게 집중포화를 맞은 남자친구는 반발해 적반하장의 태도로 나올 수도 있다.

화를 내는 것은 결코 해결수단이 될 수 없다. 당신이 화를 내면 100퍼센트 반성 없는 사과나 또 다른 화를 불러올 뿐이다. 당신이 화를 내야만 남자친구가 당신 말을 듣는가? 그렇다면 이유 불문하고 헤어져라. 그 남자는 당신에게 스트레스 유발자일 뿐 버팀목이 되어줄 수 없는 사람이다.

화를 내지 말고 차라리 아픈 척하라

남자친구의 진심 어린 사과와 반성, 행동의 변화를 바란다면, 짜증이나 화 대신에 당신이 남자친구의 행동으로 얼마나 아파하는지 보여줘라. 당신이 화낼 때는 같이 화를 내던 남자친구도 당신이 아파하는 모습을 보면 스스로 행동을 개선하려고 할 것이다.

비흡연자인 당신 앞에서 태연히 담배를 피우는 남자친구에게 가장 좋은 대응방법은 무엇일까? 대부분의 여자들은 "오빠 담배 좀 그만 펴." "나 담배 안 피우는 거 몰라?" "담배 계속 피울 거면 헤어져."라고 협박하겠지만, 이런 협박은 처음에만 통할 뿐이다. 얼마 지나지 않아서 남자친구는 담배를 입에 물며 "담배 끊는 게 얼마나 힘든 줄 알아?"라고 태연히 말할 것이다.

이럴 때는 차라리 죽을 것처럼 기침을 해봐라. 당신이 한마디도 꺼내지 않아도 남자친구는 담배를 서둘러 끄면서 사과할 것이다. 그런 그에게 미안한 표정으로 이렇게 말하자. "요즘 기관지가 안 좋아서 담배 연기에 너무 민감해. 미안." 이런 상황에서 남자가 짜증을 낼까? 당신을 사랑하는 사람이라면 정말 미안해하며 금연을 선언할 것이다(아니, 금연하는 척이라도 할 것이다). 물론, 그렇다고 100퍼센트 금연에 성공하지는 못할 것이다. 하지만 중요한 것은, 남자가 담배를 피울 때마다 미안해하거나 당신 앞에서는 피우지 않거나 다른 행동을 보일 것이라는 점이다. 또는 기회가 될 때마다 금연에 도전할 수도 있다. 당신이 바라는 게 이런 태도가 아닌가?

대학생 커플인 K양은 남자친구가 친구들과 밤새도록 술을 마시는 게 불만이었다. K양은 싸우면서 금주약속도 받아냈지만, 남자친구는 친구들과의 술자리를 계속 이어갔다. 그래서 나는 그녀에게 잔소리를 그만하고 차라리 아파하는 모습을 보이라고 권했다. 남자친구가 친구들과 밤새 술을 마시면 그 다음 날 그녀가 폐인 메이크업을 하고 나타나는 것이다. 남자친구가 깜짝 놀라서 이유를 물으면, 신경 쓰게 해서 미안하다는 듯이 멋쩍게 웃으며 말하면 된다. "아니, 오빠에게 연락도 안 오고, 또 일찍 들어가라고 말하면 오빠 기분 상할 것 같아 연락도 안 했더니 걱정돼서 잠이 잘 안 오더라. 공강시간에 좀 쉬면 괜찮아질 거야."

그 이후로 K양의 남자친구는 술을 끊었을까? 물론 그렇지는 않다. 그는 여전히 친구들과 술을 많이 마시지만, 적어도 K양에게 꼬박꼬박 연락하고 밤을 지새우던 술자리를 두세 시간 정도 앞당겨 파했다. K양이 얼마나 기뻐하던지. "화를 내도 꿈쩍도 하지 않던 남자친구가 이제는 연락도 잘하고 새벽까지 술을 마시지는 않아요."라면서.

남자의 행동 때문에 속이 상하나? 그렇다면 당신이 얼마나 속상해하는지, 또 그로 인해 얼마나 아파하는지 조심스레 보여줘라. 당신을 사랑하는 남자라면 자신의 행동을 조금이라도 바꾸려고 노력할 것이다. 그 변화의 속도가 당신이 바라는 만큼 빠르지는 않을지라도 남자의 작은 변화에도 고마워하고 칭찬을 아끼지 않는다면, 얼마 지나지 않아서 버전업된 남자친구를 보게 될 것이다.

바퀴벌레약 모르텍스(브라질)

마음에 들지 않는 남자친구의 행동을 어떻게 해야 할까?
당신이 화를 내면 남자친구는 들어주는 척할 것이다.
진짜 남자친구의 변화를 원한다면
칭찬하는 건 어떨까?

상대를 연기하게 만들지 마라

이제까지의 방법은 버려라

"남자들은 자기가 뭘 잘못한 건지도 모르고 무조건 미안하다고만 해." "맨날 말해도 똑같은 실수를 하니 화를 안 낼 수가 없어." 여자들이 남자친구와 다투면서 쏟아내는 하소연들이다. 무조건 미안하다면서 같은 실수를 되풀이하는 남자를 바라보는 여자 입장에서 얼마나 화가 날까? (남자로서 대신 사과한다.) 그렇다면 왜 남자들은 여자친구가 화난 이유도 모른 채 같은 실수를 계속하는 것일까?

남자친구의 아이큐가 두 자리 숫자일까? 아니면 하늘 같은 여자친구 말씀을 감히 무시하는 것일까? 이도 저도 아니라면, 당신의 남자는 구제불능의 사람일까? 그런데

단 한 번이라도 당신의 방법이 잘못되었을 수도 있다는 생각은 안 해봤는가? 어떤 잘못을 했는지 느낄 수 있게 남자친구에게 조곤조곤 설명을 했다면, 혹은 남자친구가 잘못했을 때 화를 좀 억누르고 잘했을 때 칭찬을 배로 했다면, 지금과 다른 모습일 수도 있지 않겠느냐는 뜻에서 묻는 말이다.

만약 당신이 지금까지 남자친구에게 해온 방법이 그의 못된 습관을 고치는 데 효과적이었다면, 그동안 그렇게 알아들으라고 귀에 못이 박히도록 이야기했는데도 남자친구가 요지부동일 리 없지 않은가? (그래, 어쩌면 당신의 남자친구는 아이큐 수치가 좀 낮거나 정말 구제불능일지도 모른다.) 그러니 이제는 방법을 바꿀 때도 되지 않았는가?

남자친구의 사소한 행동도 칭찬하자

오늘부터는 남자친구가 실수할 때 버럭 짜증을 내지 말고(그래봤자 남자는 자기 잘못을 모른다고 당신 스스로 말하지 않았나?), 남자친구가 잘할 때 칭찬을 하자. 약속시간에 딱 맞춰 나오면 고맙다고 볼에 뽀뽀를 해주고, 친구들과 어울려 술을 퍼 마시지 않고 집에 일찍 들어가면 "오늘 친구들과 놀고 싶었을 텐데, 잘 참았어. 정말 최고!"라고 손으로 하트를 날려주고, 하루에 몇 번이고 연락하면 "자기 연락 받고 하루종일 행복했어."라고 고마움을 표시해보자.

혹시 "화를 내도 안 되는데 칭찬을 한다고 되겠어?"라고 생각한다면 최근에 내 블로그 글에 달렸던 댓글을 소개해본다.

> 이제 방법을 바꿀 차례이다. 오늘부터는 남자친구가 실수를 할 때 짜증을 내지 말고 남자친구가 잘할 때 칭찬을 하자.

"정말 감사해요. 솔직히 그동안 바로님의 글을 읽으면서 따라해야지 하고서는 막상 그런 상황이 되면 남자친구에게 화만 냈어요. 더 이상 이렇게 지내다가는 정말 헤어질 것 같아서 바로님 말씀대로 남자친구가 조금이라도 잘하는 일이 있으면 칭찬을 해줬어요. 시큰둥한 연락에도 연락해줘서 고맙고 행복하다고 말하고, 데이트할 때마다 사랑스러운 눈빛으로 바라보고요. 그랬더니 남자친구 반응이 확실히 예전과 달라졌어요. 처음에는 제게 갑자기 왜 그러냐고 하더니, 이제는 연락도 잘하고 아주 잘 지내요."

물론 칭찬만 한다고 하루아침에 못난이 남자친구가 당신이 원하는 왕자님으로 변신하지는 않겠지만, 그동안 당신의 잔소리만 피하려고 연기하던 남자친구가 당신이 원하는 방향으로 변하려는 의지를 스스로 내보일 것이다. 그러니 남자친구가 잘못해도 좀 너그러이 봐주고 대신 긍정적인 행동에 칭찬을 두 배로 하는 게 어떨까.

하나 더 추가하면, 여기에 만족하지 못하고 좀더 강력한 행동교정을 원한다면, 남자친구가 당신을 기쁘게 할 때마다 포인트를 적립하고 거기에 맞춰 그 포인트에 해당하는 스킨십을 해주는 건 어떨까? 아마 그날 미친 듯이 당신을 기쁘게 하려는 남자친구를 보게 될지도 모른다(경우에 따라 좀 씁쓸하기도 할 것 같지만).

당신이 뿌린 바퀴벌레약에 바퀴벌레가 죽은 척만 한다면 약을 더 많이 뿌릴 게 아니라 다른 바퀴벌레 약을 시도해야 하는 것처럼, 아무리 화를 내고 애원해도 남자친구가 바뀌지 않는다면 당신이 방법을 바꿀 차례이다.

소프란 섬유유연제(말레이시아)

전혀 다른 사고방식의 남녀가 만나서 연애를 하면
사랑 싸움을 하는 게 당연하다.
하지만, 꼭 기억해야 할 점은 싸울 때 싸우더라도
만나서 하라는 것과 룰은 지키면서 싸워야 한다는 것이다.
지금 당장은 쳐다보기 싫더라도 사랑하는 사이지 않은가.

싸울 때
싸우더라도
룰은 지키자

모든 싸움은 만나서 하라

오늘부터 한 달간 남자친구와 싸울 때마다 언제 어디서 싸웠는지 메모 어플이나 일기장에 기록해보자. 나중에 기록을 검토해보면, 만나서 싸운 날보다는 방 침대에 누워서 휴대폰에 대고 소리를 지른 날이 더 많다는 사실을 알게 될 것이다. 만난 횟수가 적을 수도 있다. 그렇지만 전화나 문자 같은 수단은 서로의 감정상태와 의도를 전하는데 아주 부적절한 방법임을 깨닫는 계기가 될 수 있다.

남자친구에게 화가 났는가? 그렇다면 전화를 걸어서 소리를 지르거나, 읽기도 벅찬 장문의 문자를 보내기보다는 당장 남자친구에게 달려가라. 그리고 남자친구가 어떤 표정, 어떤 억양, 어떤 제스처를 사용하는지 확인하면서

> 남자친구에게
> 화가 났다면
> 그에게 직접 달려가라.
> 전화로 싸우지 말고
> 일단 작전타임을
> 선언하고
> 직접 만나러 가라.

그의 속마음을 온전히 받아들여서 싸워라. 여자가 아무리 육감이 발달했다고들 하지만, 직접 만나지 않고서는 도저히 알 수 없는 뉘앙스라는 게 있다.

싸운다는 것은 그만큼 어떤 사안에 대해 의견이 다른 데다가 서로 극도로 예민한 상태임을 나타낸다. 이때 상대의 의도를 정확히 파악하지 못하면 갈등해소에 도움이 되기는커녕 서로 인신공격을 주고받는 것밖에 되지 않는다.

또한 상대를 만나러 가는 도중에 서로 생각을 정리하는 시간을 가질 수 있어서 막상 만났을 때는 의외로 쉽게 문제가 해결될 수도 있다. 대화가 의견충돌에서 싸움으로 넘어가려는 기미가 보이면, 일단 작전타임을 선언하고 직접 만나러 가라(설마 남자친구가 철야근무 등으로 만날 상황이 안 되는데도 만나야 한다고 우기며 싸움을 키우는 바보는 없으리라 본다).

싸울 때 싸우더라도 반칙은 하지 말자

모든 격투기에는 룰이 있다. 권투에서는 킥을 써서는

안 되고, 유도에서는 상대를 직접 타격해서는 안 된다. 이 룰을 어기고 반칙을 하면 그 선수는 벌점을 받고 심한 경우에는 실격당할 수도 있다. 연인끼리의 싸움도 마찬가지이다. 아무리 화가 나도 반칙을 해서는 안 되며, 반칙을 하면 서로의 의견차를 좁히면서 이해할 수 있는 기회는 사라진다. 오히려 서로에게 아물지 않는 상처를 줘서 이별을 앞당기기만 할 것이다.

연인끼리의 다툼에서 반칙은 무엇일까? 일단 당신이 당했을 때 기분이 나쁠 만한 행위라면 모두 해당된다. 대표적으로는, 상대가 말하는 데 끼어들기, 말 비꼬기, 말 끊기, 욕하기, 멋대로 상대의 마음 넘겨짚기 등이 있다. "이렇게 제약이 많은데 어떻게 싸워?"라고 어이없어할 당신의 모습이 눈에 선하지만, 나는 되려 묻고 싶다. "그럼 당신은 사랑하는 사람을 상대로 막싸움을 해왔다는 건가?"

의견 다툼으로 목소리가 높아지고 서로에 대한 오해가 깊어지다 보면 저도 모르게 수단과 방법을 가리지 않고 상대에게 상처를 주려고 악을 쓰거나 소리를 지르는 자신을 발견하게 될 것이다. 그럴 때마다 상처를 주려는 상대가 누구인지 똑바로 봐라. 상대는 당신의 분노를 즐기는 성격파탄자가 아니라 당신과 사랑을 나누는 사람이다. 화가 난다고, 상대가 잘못했다고, 앞뒤 가리지 않고 돌이킬 수 없는 반칙을 하는 것을 합리화하지는 말자. 마음대로 싸워도 되긴 하다. 그 뒷감당을 할 수만 있다면.

모든 행동에는 목적이 있어야 한다. 당신은 왜 싸우는가? 상대와의 의견차를 줄이고 이해하고 이해받기 위해서인가? 아니면 상대를 비난하고 자신의 분을 풀기 위해서인가? 만약 당신의 목적이 후자라면 싸움보다는 일방적인 이별통보를 추천한다. 화가 나서 상대에게 상처 주고 싶은 마음도 이해 못 하는 건 아니지만, 그 전에 당신이 하려는 말과 행동이 서로에게 도움이 되는지 정도는 생각해야 하지 않을까. 이별을 원하는 것이 아니라면.

분위기가 격해지면 손을 잡고 싸워라

이성을 유혹할 때만 스킨십이 필요한 것이 아니다. 분위기가 심각해지고 싸움의 끝이 보이지 않는다면 자연스레 스킨십을 시도해봐라. 살짝 상대의 어깨를 잡거나 손을 깍지 껴보자. 신기하게도 달아오른 분위기가 진정되는 것을 느낄 수 있을 것이다.

당신의 이런 뜬금없는 행동에 상대가 당신의 손을 뿌리치겠지만 상처받거나 기분이 상해서 똑같이 그를 밀어

> 분위기가 심각해지고 싸움의 끝이 보이지 않는다면 자연스레 스킨십을 시도하라. 상대가 당신의 손을 뿌리쳐도 상처받거나 기분이 상해서 똑같이 그를 밀어내서는 안 된다.

내서는 안 된다. 상대의 분위기를 봐가면서 계속 스킨십을 시도하다 보면 분위기가 한결 누그러질 것이다. 이때 주의해야 할 점은 "왜 그래~~~"라고 어물쩍거리지 말고 진지하게 대화를 나누며 가벼운 스킨십으로 시작해서 손을 잡거나 상대의 무릎에 손을 올려놓는 스킨십으로 넘어가는 것이 바람직하다.

분위기가 격해지기 전에 손을 깍지 끼고 대화를 나누는 것이 더 효과적이겠지만, 어느 때라도 스킨십은 당신과 남자친구와의 과열된 분위기를 진정시키는 데 큰 도움이 된다. 또한 사과하거나 강조하고 싶은 부분이 있으면 말을 하면서 상대의 손을 잡은 자신의 손에 살짝 힘을 넣어보자. 자칫 밋밋할 수 있는 사과나 말에 힘이 더해지고 진심이 더 잘 전달될 것이다.

테라 여행사(브라질)

"연애를 왜 해요?"라고 물으면 다들 "행복해지려고요."라고 답한다.
확실히 연애는 숨막히는 일상에서 벗어날 수 있는 방법이다.
그렇다면 묻고 싶다. 당신 연인과의 연애는 행복한 연애인가?
당신은 연인에게 어떤 연애를 선물하고 있는가?

연애는 휴식이다

연애 기간이 좀 길어질 무렵이 되면 이상하게도 얼굴만 봐도 좋기만 하던 상대의 단점이 보이기 시작한다. 이것은 만고불변의 진리이다. 아무리 시간이 지나도 상대의 단점이 보이지 않는다면 당신의 눈에 초합금 콩깍지가 이식되었거나 상대가 당신을 완벽히 속이고 있다는 소리이다.

성장환경이나 입장이 다른 남녀가 가까이 지내다 보면 서로의 눈에 거슬리는 행동이 보이는 것이 당연하다. 그렇지만 상대의 행동이 마음에 안 든다고 해서 그 행동을 교정하겠다는 것은 전혀 자연스럽지 않다. 한발 더 나아가 "당신 자신을 위해서도 이건 고쳐야 해."라고 말하는 것은 지금부터 싸우자고 달려드는 것과 다르지 않다.

연인에게 잔소리는 그만하라

"언제까지 그렇게 놀기만 할 거야?" "지금 하는 일보다 이쪽 분야의 일이 연봉도 더 괜찮고 안정적이지 않나?" 등의 말을 하는 사람들은 다 너를 사랑해서 하는 말이라며 자신의 잔소리를 합리화한다. 그런데 이런 말들을 어디서 많이 듣지 않았던가? 그렇다. 늘 부모님께 듣던 잔소리이다. 분명히 부모님의 잔소리는 천 번 만 번 맞는 말씀이지만 당신에게 어떤 울림을 주거나 변화를 유도했던가? (그 잔소리가 옳든 옳지 않든) 대부분의 경우 그렇지 않았을 것이다. 사람마다 추구하는 바가 있고, 자신의 생각을 쉽게 굽히지 않기 때문이다.

당신의 잔소리는 연인 사이에서든 상대의 인생에서든 전혀 도움이 되지 않는다. 잔소리를 하는 당신이 상대의 눈에 대단한 멘토로 보이지 않을 뿐만 아니라 당신의 이야기는 대부분 집에서 부모님께 듣는 이야기거나 본인 스스로도 고민하는 이야기일 것이기 때문이다.

생각해봐라. 학교성적으로 고민하는 당신에게 어머니가 "야, 공부 안 하고 뭐 하니? 넌 대체 뭐가 되려고 그래!"라고 질책한다고 "아, 어머니가 날 사랑하셔서 내게 인생의 참된 길을 말씀해주시는구나."라고 감격해할 것인가? 물론 연애를 하면 현재 상대와 향후 결혼까지 고려하는 사이이므로 운명공동체로서 몇 가지 지적을 하고 싶은 욕구는 당연하다. 하지만 그 욕구를 지겨운 잔소리로 전달하는 데는 반대한다.

연애는 달콤한 휴식이다

당신이 몇 살이든 연애는 결코 현실이 아니라 휴식이 되어야 한다. 당신 입장에서는 이 사람과 곧 결혼하고 싶고, 결혼을 위해서는 상대가 현재보다 나아져야 한다고 생각할 수 있다. 하지만 당신의 그런 마음을 대놓고 잔소리로 풀면 상대는 연애에서조차 휴식을 취하지 못하고 갑갑해할 수밖에 없다.

생각해봐라. 만날 때마다 당신의 학업성적이나 연봉을 들먹이며 좀더 분발하라고 채찍질한다면 당신은 순순히 수긍하며 고맙다고 상대에게 웃어줄 것인가? 상대의 평소 생활이 다소 실망스러워도 휴식이어야 할 연애 관계에 현실을 끌어들이지 말자.

당신이 느끼는 갑갑함과 불안함은 이미 상대 역시 느끼고 있을 확률이 95퍼센트이고, 5퍼센트의 생각 없는 사람들은 당신이 무슨 말을 해도 들을 사람이 아니다. 결국 당신이 하는 사랑의 잔소리는 달콤한 휴식이어야 할 연애를 숨막히는 일상으로 바꿔버리고 결국 상대를 도망가게 한다(이래서 애초에 사람을 잘 만나야 한다).

이직을 준비하던 남자친구에게 잔소리를 하다가 헤어진 B양은 이렇게 하소연했다. "저는 남자친구와 결혼을 생각하고 있어서 그 사람이 좀더 잘되면 좋겠다는 마음에서 이런저런 이야기를 한 건데, 남자친구는 제게 잘해줄 수 없을 것 같다면서 헤어지자고 했어요."

> 연애는 결코 상대의 부족한 부분을 현실적으로 일깨워주는 멘토링 관계가 아니다. 동등한 입장에서 서로 위안을 주고받고 휴식을 취할 수 있는 안식처 같은 관계가 연애이다.

B양의 생각 자체는 충분히 이해된다. 결혼을 고려하고 있으니 신경이 더 쓰일 수밖에 없었다는 것을. 이왕이면 남자친구가 이렇게 하면 좋겠다는 생각이 들 수밖에. 하지만 항상 기억해야 한다. 우리가 연애를 하고 결혼을 생각하는 것은 이 사람과 함께하면 행복할 것 같다는 느낌 때문임을.

어떤 사람들은 "사랑하는 사이니까 더 따끔하게 충고해야 하는 거 아닌가요?"라고 되물을지도 모르지만, 그런 사람들에게는 "너나 잘하세요."라고 말하고 싶다. 연애는 결코 상대의 부족한 부분을 현실적으로 일깨워주는 멘토링 관계가 아니다. 동등한 입장에서 서로 위안을 주고받고 휴식을 취할 수 있는 안식처 같은 관계가 연애이다. 결국 당신이 해야 할 일은 상대를 응원하는 것이다. "왜 그렇게 해?"라고 꾸짖는 것이 아니라, "우리 자기 파이팅! 자기는 정말 잘할 수 있을 거야!"라고 말해주는 것이다.

변할 수 있는 환경으로 데려가라

미래의 당신 배우자가 아주 한심스럽다면 그가 변할 수 있는 환경을 조성하라. 예를 들어, 상대가 학업에 집중하지 못하다면 그의 손을 잡고 도서관이나 북카페에 가라. "좀 새로운 데로 가자." "맨날 놀 궁리만 하지 말고, 나 토익 공부할 건데 같이 하자."라며 구슬려보자.

상대가 좀더 좋은 직장으로 이직하기를 원한다면 당신의 지인 중에서 관련업계 종사자와 더블데이트를 주선해서 굳이 말로 하지 않아도 스스로 느끼게 해줘라(이 정도 노력도 못할 거면서 주제넘게 상대의 인생에 충고하는 것은 아니리라 본다).

앉아서 뻔한 충고를 하는 것은 포털 사이트 지식인에

서 활동하는 초딩들도 할 수 있는 일이다. 진정으로 상대를 사랑한다면 가만히 앉아서 충고라는 말도 안 되는 명분으로 불만만 쏟아내지 말자. 옆에서 응원하고 상대가 더 나은 모습으로 변할 수 있도록 힘써보자.

5장 우리는 같은 시간을 살고 있다

CrediScotia은행 대출상품(페루)

우리가 쉽게 하는 실수 중 하나는
상황을 아주 근시안적인 시선으로 보는 것이다.
지금 내가 악수한 사람이 무엇을 만졌는지 모른다고
매번 손을 닦을 필요까지는 없겠지만,
방금 내가 악수한 사람이 다른 사람과 악수하며
내 이야기를 할지도 모른다는 생각을 한 번쯤은 해보자.

우리는 서로 알게 모르게 엮여 있다

모든 사람은 연결되어 있다

얼마 전 한 지인이 여자친구와 사귄 지 일주일도 안 돼서 일방적인 이별통보를 받았다. 헤어지기 전날까지도 서로 애칭을 부르며 애정을 키워나가던 터라 상처보다는 황당함이 앞섰던 지인은 여자친구에게 이유를 물었다. 좀처럼 입을 열지 않던 여자친구는 뜻밖의 이야기를 꺼냈다. "내 친구의 친구가 당신과 소개팅을 했다던데……." 그 순간 지인은 아찔했다. 얼마 전 소개팅에서 상대가 마음에 들지 않아서 별생각 없이 예의 없게 굴었는데, 그녀가 여자친구의 친구의 친구일 줄이야.

소개팅을 주선하는 자리에서나 지인을 소개하는 자리에서 한눈에도 상대가 자신이 바라는 스타일이 아니라고

> 이성을 대할 때 단순히 상대와 연인이 될 수 있는지만 따지지 말자. 연인으로서의 인연은 아니더라도, 동료, 지인, 사업 파트너로 인연을 맺을 수도 있고, 친분을 나누면서 서로의 지인을 소개할 수도 있다.

얼굴에 드러내는 사람들이 있다. 주선자 입장을 떠나서 이런 사람들을 보면 안타까운 마음에 눈치를 주지만, 그들의 반응은 한결같다. "상대가 마음에 들지 않는데 꼭 친절해야 해?" "차라리 깔끔하게 빨리 일어나는 게 서로 좋지 않나?" "또 볼 사람도 아닌데." 등의 생각을 하며 그 자리가 빨리 끝나기만을 바란다.

하지만 이런 행동들은 내 지인의 사례처럼 언제 어느 때 부메랑이 되어 당신을 칠지 모른다. 다시 볼 것 같지 않은 하찮은 인연도 알고 보면 당신과 상당히 가까운 인연이기 때문이다. 6명만 거치면 세상의 모든 사람이 연결된다는 이론이 있다. 배우 케빈 베이컨으로 인해 유명해져서 '케빈 베이컨의 6단계 법칙'이라고도 불리는 이 6단계 분리 이론은 하버드 대학교수였던 스탠리 밀그램(Stanley Milgram)의 '좁은 세상 실험(Small World Experiment)'에서 유래되었다. 밀그램 교수는 사람들 간 연결고리의 평균을 측정하기 위한 실험을 했다. 그는 네브래스카 주의 오마하에 사는 사람을 무작위로 160명 선별

해서 소포를 보냈다. 그는 소포를 받은 사람들에게 개인적으로 성(family name)이 아니라 이름(first name)을 아는 사람에게 소포를 보내서, 매사추세츠 주 보스턴의 한 증권중개인을 가장 잘 알 것 같은 사람에게 전달해달라고 요청했다. 그 소포를 받은 사람은 중개인과 더 잘 알 것 같은 사람에게 계속 소포를 보냈다. 모든 소포가 중개인에게 전해지지는 않았지만, 도착한 소포는 추적 결과 평균적으로 여섯 명을 거친 것으로 나타났다. 그 후로 비슷한 실험이 많이 진행되었고 2008년 마이크로소프트 사에서 MSN 메신저로 실시한 조사에서는 사람들 간의 연결고리가 6.6명이라는 수치가 나왔다. 그리고 2011년 페이스북의 데이터 팀은 페이스북 사용자의 평균 거리가 4.74명이라는 수치를 발표했다.

이 이론이 아니더라도 당장 페이스북을 접속하면 알 수 있는 사실이다. 페이스북에서는 끊임없이 알 수도 있는 친구라며 내 지인의 지인을 띄워준다. 결국 어떤 이성에게 호감이 없다는 이유로 불친절하게 행동한다면 그것은 언제 터질지 모르는 시한폭탄을 끌어안고 사는 것과 같다.

모든 인연은 새로운 인연을 연결하는 고리다

상대에게 호감이 없다면 최대한 빨리 소개팅 자리를 마무리해서 상대와의 인연에 선을 긋는 것이 효율적이라고 하는 사람들이 있지만, 이것은 잘못된 생각이다. 당신이 친분을 가지고 인연을 이어갈 수 있는 사람들은 한정적이다. 상대에 대한 호감이 없다는 이유만으로 바로 선을 긋는다면 또 다른 인연을 만날 수 있는 고리를 끊는 것과 같다.

이성을 대할 때 단순히 상대와 연인이 될 수 있는지만 따지지 말자. 연인으로서의 인연은 아니더라도, 동료, 지인, 사업 파트너로 인연을 맺을 수도 있고, 친분을 나누면서 서로의 지인을 소개할 수도 있다.

사람과의 만남은 단순히 솔로탈출을 돕는 기회만은 아니다. 어떤 사람을 만나든 그 인연 자체로 새로운 가능성과 기회가 제공된다. 잘 살려서 자신의 자산으로 삼아야 하지 않을까?

인연을 소중히 하지 않는 사람을 좋아하는 사람은 없다

호감이 안 드는 상대에게 친절하게 대하는 것은 단순히 미래를 위한 투자만은 아니다. 근시안적인 생각에서 인연을 가볍게 대하면 대할수록 지인들은 당신에게 새로운 사람을 소개해주는 데 소극적이 될 뿐만 아니라 당신에 대해 부정적으로 생각하게 된다. 소개팅 자리에서 불친절하게 행동하면 주선자가 곤란해진다는 차원의 문제가 아니다. 당신의 예의 없는 행동을 전해들은 주선자는 당신의 성격과 됨됨이를 평가할 것이고, 이 평가는 여러 사람의 입을 거쳐 소속집단에서 당신의 이미지를 결정할 것이다.

이런 일들이 반복되면 지인들에게 당신은 '예의 없는 사람' '주제를 모르는 사람' '별것도 아닌 일에 따지는 사람'으로 낙인찍히고, 기존의 인연은 물론 앞으로의 인연에까지 큰 영향을 미칠 것이다. 타인에게 친절해야 한다는 것은 이 사회를 살아가는 데 기초적인 덕목임을 명심하고 모든 인연을 소중히 할 줄 아는 현명함을 발휘하자.

비아그라(핀란드)

연인과의 권태기를 치료하는 약이 있다면 얼마나 좋을까?
하지만 그런 약이 없다고 너무 걱정하지는 마라.
권태기를 극복할 필요는 없다.
그 시기를 자연스럽게 받아들이고
연인과의 편안함을 즐긴다면 그 또한 사랑이다.

권태기를
꼭 극복해야 할까

사람마다 차이는 있지만, 가슴 떨리는 연애를 시작하고 시간이 어느 정도 지나면 권태기가 온다. 예전에는 눈빛만 봐도 전기가 통하는 것 같았는데, 이제 내 손에 닿은 것이 내 팔뚝인지 상대의 팔뚝인지 구별도 안 된다. 이쯤 되면 속으로 생각한다. '아, 권태기구나.'

많은 사람들이 권태기를 직감하고 나면 그때부터 여러 방면에서 짜증이 치밀어오르기 시작한다. 예전에 비해 매력이 훨씬 떨어진 상대에게 짜증나기도 하고, 안락한 연애생활에서 권태로움을 느끼는 자신에게 화가 나기도 한다.

권태기는 누구의 잘못일까? 처음에 비해 연락을 잘 안 하거나 꾸미는 데 관심이 없어진 상대 탓일까? 아니면 주체할 길 없는 바람기를 가진 자신 탓일까? 물론 두 사람다 문제일 수 있지만, 가장 중요한 문제는 권태기의 원인을 '상대와 나' 둘 중의 하나에게서 찾으려는 데 있다. 이게 무슨 소리인가?

사실 권태기는 자연스러운 상태이다. 같은 사람을 비슷한 상황에서 계속 만나는데 처음과 같은 재미와 행복이 지속되기를 바란다는 것이 무리가 아닐까? 이 상태를 해결하는 첫 번째 조건은 권태기가 '상대와 나' 두 사람 중 한 사람의 잘못이 아니라, 조금 오래 사귄 커플이면 누구나 느끼는 아주 자연스러운 현상임을 이해하고 받아들이는 태도이다.

그다음에는 노력을 할 차례이다. 새로운 곳으로 여행을 떠나고 둘이서 다이어트를 목표로 운동을 시작하고, 평상시와는 다른 곳에서 데이트를 하면서 고착된 연애패턴을 바꾸려고 노력하자. 그래도 안 되면 광고의 할아버지처럼 알약의 힘을 사용해보자. 그래도 사랑의 불꽃은 다시 타오르지 않는다. 아니, 이게 무슨 소리?

당신이 아무리 노력해도 사랑이 다시 활활 타오를 리 만무하다. 뇌에서 분비되는 사랑의 호르몬은 30개월이면 고갈되는데, 신기하게도 다른 이성을 만나면 또 다시 30개월 동안 분비된다고 한다. 과학적으로 따지면, 인간은 한 명의 상대와 최대 30개월밖에 연애를 못 한다. 그런데 왜 노력을 하라는 것인가?

아무리 노력해도 연애 초기와 같은 설레임과 짜릿함을 다시 맛볼 수는 없겠지만, 서로 노력하는 모습에서 신뢰가 두터워지고 따뜻함, 행복, 고마움과 더불어 서로에 대한 소중함을 느낄 수 있기 때문이다.

20대 중반에 3년쯤 연애를 했을 때 권태기를 처음 느꼈다. 여자친구와 뭘 해도 설레지 않았고 때로는 다른 여자를 만나보고 싶은 마음이 드는 스스로가 싫고 불편했다. 여러 시도를 했지만 달라지지 않는 마음에 이별을 결심했다.

> "짜릿함에
> 집착하지 마라.
> 짜릿함은 흔하지만,
> 신뢰와 행복, 고마움을
> 느끼게 해주는 사람은
> 이 세상에 몇 명
> 안 된다."

헤어지자는 말을 하기 위해 이자카야에서 여자친구를 만났는데, 자리에 앉자마자 우리가 늘 먹던 메뉴로 주문을 하는 여자친구를 보면서 나는 생각을 바꿨다. "여기 모둠꼬치 하나에 타코와사비, 그리고 청하 한 병이요!"라는 그녀의 말 한마디 때문에 말이다. 설레지는 않지만 서로의 취향을 잘 알고 있고, 그로 인한 익숙함이 얼마나 큰 행복이고 사랑인지 깨달은 것이다.

짜릿함은 스쳐지나가는 수많은 이성에게서 느낄 수 있지만, 당신에게 신뢰와 행복, 고마움을 느끼게 해주는 사람은 이 세상에 몇 명 안 된다. 짜릿함에 집착하지 마라. 짜릿함은 흔하다.

당신은 짜릿한 말초신경에만 반응하는 동물인가? 그러면 권태를 느낄 때마다 바로 바로 다른 사람을 찾아라. 하지만 당신이 현명하게 생각할 줄 안다면 권태기를 받아들이고 신뢰의 관계로 나아가기 위해 노력해라.

가라테 도장 닌세이칸(일본)

천진난만한 아이의 당수에 곰 같은 아빠가
눈알이 튀어나올 정도로 기겁한다.
아이가 잠결에 내리친 동작에
아빠는 자다가 날벼락을 맞은 것이다.
알아두자. 작은 말 하나도 상대에게
큰 상처가 될 수 있다는 것을.

무심코
던진 돌에
개구리는 죽는다

모든 여자친구는 아름답다. 한 송이 꽃 같기도 하고 우아한 백조 같기도 한다. 하지만 그런 그녀가 딱 한순간 깡패보다 무서울 때가 있다. 그때는 현실에 대해 이야기할 때이다. 그녀가 아주 당연하게 이야기하는 말에 남자가 별말 못 하고 아파한다는 것을 왜 모를까? 별 뜻 없이 던진 여자의 말에 아파하는 남자에 대해서 이야기해보자.

지인 중에 대학교 마지막 학기를 다니는 일명 '취업준비생'인 N군이 있다. N군에게는 이 세상 무엇과도 바꿀 수 없는 여자친구가 있지만, 요즘은 취업문제보다 여자친구가 주는 압박이 더 크다고 한다. 무슨 일이 있는 걸까? 지난 몇 년간 수많은 일을 겪으며 N군과 여자친구의 사랑은 비할 데 없이 단단해졌지만, 두 사람은 단 하나 현실문제에서 여전히 갈등 중이다.

N군과 동갑인 여자친구는 이미 취업해 직장에 다니고 있는데, 그녀의 눈에는 남자친구의 취업 노력이 성에 차지 않는 것 같다. "너 그렇게 해서 언제 취업할 건데?" "난 네가 그러는 게 싫어." "넌 자꾸 현실을 회피하고 있어." 등의 말로 그녀는 틈만 나면 N군을 몰아세운다. 여자친구의 말이 틀리지는 않아서 이렇다 할 변명도 못 하는 N군이지만 때로는 억울한 생각이 든다고 한다. 여자친구도 취업문제로 힘들어한 시기가 있었고 그때마다 그는 그녀를 응원하고 믿어줬는데, 아직 졸업도 하지 않은 자신에게 취업에 대해 쉽게 말하는 그녀가 야속할 따름이다.

요즘 드는 생각이지만, 과연 여자가 남자보다 감성이 발달한 존재가 맞는지 의구심이 든다. "사랑해."라고 웃어주다가도 "취업은 언제 할 건데?" "집은 언제 사서 결혼할 건데?" "○○남자친구는 명품백도 사주던데……."라는 말을 아주 쉽게 하는 여자들을 보고 있으면, 제3자인 내가 숨이 턱턱 막힌다. 어떻게 그런 말을 짜장면 주문하듯 쉽게 말하는 것일까?

여자 입장에서도 할 말이 많을지 모른다. "친구 남자친구들은 다 해주던데요!" "친구 남친은 S사에 잘만 들어가

던걸요." "여자는 빨리 결혼해야 하잖아요." 등의 말은 남자친구에게 명치를 망치로 가격당한 것 같은 고통을 준다.

현실적인 문제로 남자친구에게 불만이 있다면 헤어져라. 지금 남자친구와 헤어지고 S사 잘 들어가고 명품백도 척척 사주는 그런 남자를 만나라. 괜히 이런저런 충고를 한다고 보이지 않는 폭력을 휘두르지는 말자.

꽃배달서비스 123fleurs(프랑스)

남자친구의 잘못에 화가 났다고 해서,
헤어지자고 협박하지는 말자.
처음에야 미안하다고 싹싹 빌겠지만, 얼마 지나지 않아서
자신보다 더 좋은 남자를 만나라고
당신을 놓아줄 것이다.
물론 이때부터 당신이 눈물을 흘리며 그를 붙잡게 될 것이다.

협박은 언제나 부정적인 결과를 부른다

단기적으로는 헤어지자는 협박이 더 이상 효과적일 수 없을 정도로 효과가 클 것이다. 남자는 소중한 연인 관계가 깨질까 두려워 자존심 따위는 버린 채 당신의 비위를 맞추는 데 온갖 노력을 다할 테니까.

하지만 장기적으로 이런 협박은 오히려 여자들을 곤란하게 할 확률이 99.999퍼센트이다. 남자에게 "이럴 거면 헤어져."라고 말하면 안 되는 이유에 대해서 생각해보자.

남자는 화내는 여자와 대화하지 않는다

여자들의 큰 착각은 헤어지자는 말에 남자친구가 정신을 번쩍 차리고 자신에게 더 잘할 거라고 생각한다는 것이다. 그런 협박에 남자가 어쩔 줄 모르며 자신을 달래는 모습을 흐뭇하게 바라보며 역시 이 방법이 최고라고 엄지손가락을 치켜들지 모르지만, 사실 남자는 여자의 짜증과 협박이 듣기 싫어서 비위를 맞춰주고 있는 것이다. 자신이 잘못해서, 혹은 미안해서 나오는 행동이 아니다.

조금 충격적인 말이겠지만, 당신이 언성을 높이고 짜증을 내면 남자는 자신의 잘못을 되돌아보거나 당신 입장을 생각하기보다는 머리를 굴리기 시작한다. '아, 또 시작이다.'라며 어떻게 저 무서운 말이 나오는 연인의 입을 조용히 만들 수 있을까 궁리한다. 그러니 반성이나 미안함 없이 나 죽었소 모드로 그 상황만 피하는 것이다.

"당신이 뭘 잘못했는지 알긴 해?"라고 묻지 마라. 남자친구는 당신이 협박하는 순간 아무 생각도 안 하고 그냥 비위 맞추기 모드에 돌입하니까. 생각해봐라. 어머니가 회초리를 들고 야단칠 때 자신의 입에서 나온 "엄마 잘못했어요. 앞으로 잘할게요."라는 말이 진심이었나? 어릴 적에 회초리가 무서워 반성도 없이 어머니에게 싹싹 빌었던 것처럼, 남자친구도 그냥 당신의 협박이 무서울 뿐이다. 반성 따위는 뒷전이다.

매번 남자친구가 자신에게 져주고 헤어지자는 말만 꺼내도 손바닥을 비비니까 여자는 자신이 남자의 자존심을 뛰어넘는 존재라고 착각하는데, 절대 그렇지 않다. 어떤 남자든 자존심에 살고 자존심에 죽는다. 처음에는 이별협박에 죽는 시늉도 하겠지만 자꾸 이별 운운하는 당신을 보면서, 이 인연이 과연 소중한지 의문을 갖게 되고 계속 매달리고 비는 자신을 돌이켜보며 조금씩 자존심에 상처를 받는다. 이 상황이 반복되면 인내하던 남자도 결국에는 폭발한다.

물론 여자 입장에서는 "자기가 잘못해놓고 어디서 큰소리야?"라고 당혹스러울 수도 있다. 하지만 앞서도 말했듯 "이럴 거면 헤어져."라는 말을 들을 때 남자는 자신이 한 행동에 대해 반성하거나 되돌아보지 않는다.

그래서 남자는 여자에게 무조건 항복하다가도 자신이 감당할 수 있는 수치가 넘어서면 그때는 "그래, 그냥 때려치자."라고 모든 걸 버리고 돌아설 것이다. 여자의 짜증과 협박보다 무서운 것이 자존심이 다친 남자의 분노라는 것을 기억하자. 남자는 일정 수준까지 군소리 없이 쌓아두다가 한번에 터트린다.

같은 남자로서, 남자들이 여자들의 마음을 잘 헤아리지 못하고 이상한 소리나 하면서 별거 아닌 일로 섭섭하게 해서 정말 미안하다. 그렇지만 섭섭하고 화나는 마음을 헤어지자는 말로 풀 필요는 없지 않은가? 남자가 싹싹 빌면 쾌감을 느끼는가? 그런 게 아니라면 야박하게 너무 몰아세우지 말자. 당신이 속 썩인다고 어머니가 호적에서 빼겠다고 협박하지는 않지 않은가?

"이럴 거면 헤어져." (×) → "오빠, 나 너무 속상해." (○)

"나 너무 힘들어." "나 너무 속상하다." "당신이 그러니까 기운이 안 나." 등의 말로 자신의 마음을 표현하는 건 어떨까? 당신이 이렇게 좋게 이야기한다고 남자친구가 별일 아닌 것으로 생각하거나, 솔직하게 기분을 털어놓는데 당신을 무시한다면 그런 남자에게는 화낼 필요도 없다. 바로 차버려라.

남자가 멍청하다고 해서 당신도 멍청하게 대응할 필요는 없다. 협박은 하수들이나 쓰는 수법이다. 남자를 길들이려고 하다가 되려 당하지 말고, 대화와 타협으로 갈등을 해결하자.

Ramasil Unigota 접착제(우루과이)

연인 관계도 깨진 꽃병 붙이듯 원상복구시키는 접착제가 없을까?
당연히 없다. 깨진 관계를 이어 붙이고 싶다면
아주 큰 노력이 필요하다. 잘 생각해보자.
그만한 노력을 할 만큼의 가치가 있는 일인지.

현실에
컨트롤 Z는
없다

다시 행복했던 시절로는 돌아가지 못한다

아끼던 도자기가 한순간에 깨지듯이 이별도 찰나의 순간에 벌어진다. 그냥 좀 다툰 것뿐이라면 금방 화해하고 다시 깨를 볶겠지만, 남자든 여자든 한쪽의 마음이 완전히 돌아섰다면 상황은 반전되지 않는다. 마음이 돌아선 쪽은 상대에 대해 단념하거나 다시는 안 볼 것처럼 가버리고, 남겨진 쪽은 눈과 코로 몸 안의 수분을 있는 대로 내보이면서 가장 추한 모습으로 돌아서는 상대를 붙잡게 된다. 이때 대다수는 못 이기는 척 다시 되돌아온다. 이후에 다시 솔로의 염장을 지르는 닭살 커플로 돌아가기도 하지만, 상당수의 커플은 얼마 지나지 않아 다시 이별의 길을 걷는다. 잡고 뿌리치는 과정을 몇 번 반복하면 결국에는 영원히 작별한다.

한번 헤어진 커플은 왜 또 금방 헤어지는 것일까? 서로의 마음이 식어서? 도저히 용서할 수 없어서? 많은 이유가 있겠지만, 제일 큰 이유는 다시 예전으로 돌아갈 수 있을 거라고 착각하기 때문이 아닐까?

붙잡는 쪽도 한번 잡혀주는 쪽도 다시 행복했던 시절로 돌아갈 수 있을까? 서로 같은 기대를 하지만 결과는 대부분 그렇지 못하다. 이 세상에서 다시 이전으로 돌아갈 수 있는 것은 컴퓨터 데이터뿐이기 때문이다. 문서작업 중 실수로 데이터를 지웠다면 언제든 컨트롤 Z로 되돌리면 되지만, 아쉽게도 이 세상 모든 것은 되돌릴 수 없다.

서로 노력하지 않으면 무의미하다

헤어진 남자친구를 꼭 붙잡고 싶다는 승무원 K양에게 이렇게 조언해줬다. "재회라는 건 컨트롤 Z를 누르는 것만큼 간단하지도 않고, 재회를 한다고 해도 두 사람이 가장 행복했던 시절로 돌아가는 게 아니라 헤어지기 직전으로 돌아가서 또 다시 갈등을 겪으며 노력해야 하는 거야. 재회를 너무 쉽게 생각하는 게 아닐까?"

K양은 다 안다면서 제발 방법을 알려달라고 부탁했고,

나는 함께 고민하며 방법을 찾아주었다. 결국 K양은 재회에 성공했다. 그런 그녀는 행복해했을까? 재회 후 한 달이 지나지 않아서 K양은 이렇게 털어놓았다. "저는 관계가 더 좋아지도록 노력하는데 남자친구는 노력을 하지 않아요. 이렇게 계속 만나는 게 맞을까요?"

당신이 아무리 노력한다고 해도 서로에게 상처를 주기 전으로 되돌아간다는 것은 불가능하다. 그렇다면 한번 헤어진 커플은 그대로 끝인가? 물론 그렇지는 않다. 한번 헤어졌던 커플도 얼마든지 행복해질 수 있다고 생각한다. 다만 접근법이 달라야 한다. 다시 예전으로 돌아가려는 것은 헛된 수고이다. 서로의 상처가 아물 때까지 쓰라려도 부둥켜안고 버티며 사랑을 다시 만들어야 한다.

붙잡는 쪽은 상대가 자신에게 피가 철철 흐를 정도로 상처를 줘도 묵묵히 웃으며 상대가 이전에 받았던 상처가 아물 때까지 거리를 지키며 견뎌야 하고, 되돌아섰던 사람은 자신의 상처가 아무리 쓰라려도 도망치지 않고 상대를 이해하려고 노력하면서, 서로 새로운 사랑을 만들기 위해 애써야 한다(못 하겠다면 이별이 답이다).

절대 착각하지 마라. 사랑을 예전으로 되돌릴 수는 없다. 아픔과 고통 속에서 더 큰 사랑을 빚을 뿐이다.

럭스 보디용품(호주)

헤어진 남자친구를 붙잡고 싶다면,
얼마나 남자친구를 사랑하는지가 아니라
자신이 얼마나 매력적인지를 어필해야 한다.
헤어지자는 남자친구를 붙잡지 마라.
당신 자신을 가꾸고 계발하며
남자친구가 당신을 보고 깜짝 놀라게 만들어야 한다.

헤어진 남자를 붙잡고 싶다면 매달리지 마라

미련은 미련일 뿐이다

미련을 버리지 못하는 것은 말 그대로 미련한 짓이다. 어떤 일에서든 실패를 했다면 그 실패에서 교훈을 얻고 다음에는 같은 실수를 반복하지 않기 위해 반성하고 마무리하는 것이 가장 현명하다. 이미 실패한 일에 연연해 어떻게든 수습해보려고 하면 새로 시작하는 것보다 수십 배의 노력이 들어가고, 심지어 그 노력들마저 수포로 돌아가는 경우가 많기 때문이다.

연애도 마찬가지이다. 당신의 잘못이든 상대의 잘못이든 한쪽에서 헤어지자는 말이 나왔고, 그 말이 단순히 즉흥적인 말이 아니라 오랜 고민 끝에 나온 말이라면, 일단 두 사람의 관계를 정리하고 자신을 되돌아보는 게 정석이다. 자신의 마음 상태와는 상관없이.

하지만 당신에게는 힘든 상황일 것이다. 일단 이별통보를 받게 되면 상대가 아무리 몇 년간 고민해온 말이라고 해도 당신은 어디선가 갑자기 날아온 화살에 맞은 것과 같기 때문이다. 숨이 가쁘고 계속 눈물만 흐르고, 자신이 조금만 양보했어도 이런 상황이 오지 않았을 것 같다는 생각만 들 것이다. 이제야 용서를 구하며 상대를 붙잡기 위해 갖은 애를 쓰겠지만 그 끝은 나도 알고 당신도 알고 있다.

상대는 당신에게 질렸다

헤어진 남자친구를 잡고 싶다며 상담을 요청한 A양은 남자친구가 너무 싸늘하다며 하소연했다. 이제는 정말 남자친구에게 잘할 자신이 있는데 자신을 봐주지 않는다고. 나는 그녀에게 이렇게 말해줬다. “지금 남자친구 입장에서 A양이 잘할 수 있다는 게 의미가 있을까?”

헤어지자는 남자를 붙잡으려는 여자들의 가장 큰 실수는 이것이다. 자신이 잘하면 이별을 무효화할 수 있을 거라고 생각한다는 점이다. ‘앞으로 내가 화를 덜 내면…….’ ‘앞으로 애교를 많이 부리면…….’ ‘앞으로 남자친구 말을 잘 들으면…….'이라고 생각하겠지만, 이런 생각은 당신에게 이별을 고하는 남자의 심리를 전혀 모르기 때문에 나온 것이다.

남자가 이별을 말하는 이유는 당신이라는 사람에게 질릴 대로 질렸기 때문이다. 그 이유가 당신의 빈번한 화와 짜증일 수도 있고 과도한 간섭이나 과도한 순결주의일 수도 있지만, 남자 입장에서는 도저히 연애를 못 하겠다는 판단이 섰기 때문에 이별통보를 한 것이다.

이런 남자를 앞으로 잘하겠다는 말로 잡을 수 있을까? 궁금하면, 남자친구가 당신에게 미안하다며 다시는 안 그러겠다고 했을 때 당신이 어떤 반응을 보였는지 떠올려보자. 남자도 당신의 예전 반응대로 반응할 것이다. "저는 잡았는데요?"라고 말하지 말자. 잘하겠다고 남자를 잡았다면 얼마 후에 남자에게 같은 소리를 듣게 될지도 모른다. "너 도대체 달라진 게 뭐야? 결국 또 이러잖아."라며 이별의 통보나 협박이 그에게서 나올 수도 있다.

이직을 원하는 직원을 잡기 위해서는 현재보다 더 많은 연봉을 제시해야 하는 것처럼, 당신에게 질려서 이별을 원하는 남자를 잡으려면 당신은 예상보다 훨씬 더 많은 희생을 감수해야 한다. 대부분의 회사들이 회사에 질린 직원을 잡을 능력이 없듯이, 당신에게 질린 남자를 붙잡을 만한 참을성이 당신에게는 없다. 그렇기 때문에 연인들 사이에서 '한번 헤어지면 또 헤어지기 쉽다.'라는 말이 도는 것이다.

연애는 불안과 유혹의 연속이다

그렇다면 당신은 왜 남자친구를 질리게 했을까? 여러 이유가 있겠지만 그중에 한 가지를 꼽자면, 당신이 연인 관계를 너무 안정적으로 보았다는 점을 들 수 있다. "사귀는 사이인데 이 정도도 못 해줘?"라고 짜증을 내거나, "커플인데 이 정도는 이해해주겠지."라는 생각으로 자기 관리에 소홀해하며 매력을 스스로 깎은 탓이다. 연인에게 인간으로서든 이성으로서든 더 이상 매력을 찾지 못하게 된 남자는 연애를 지속할 필요가 없다고 판단한다.

연애는 절대 안정적인 관계가 아니다. 2000년도 모통신사 광고카피처럼 사랑은 움직이는 것이며 언제라도 이별을 고하고 갈라설 수 있는 극도로 불안정한 관계이다. 이런 불안정한 관계를 단단하게 유지하기 위해서는 상대가 빠져

> "남자든 여자든 똑같다. 누구나 매력적인 상대에게 관대하고 매력 없는 상대에게 냉정하다."

나가지 못하게 당신의 매력을 갈고 닦아야 한다.

"왜 여자만 그래야 해?"라고 분통을 터뜨리지는 말자. 어차피 당신도 남자친구가 매일 트레이닝복 차림으로 나오고 똑같은 데이트코스를 고수한다면 화를 내고 헤어지자고 할 것이다. 남자든 여자든 똑같다. 누구나 매력적인 상대에게 관대하고 매력 없는 상대에게 냉정하다.

연애는 '오늘부터 1일'이라며 새끼손가락을 걸었다고 해서 평생 알콩달콩 깨 볶는 상황이 지속되는 것이 아니다. 행복한 연애를 하고 싶다면, 상대가 나를 미화하고 동경할 수 있도록 끊임없이 유혹해야 한다.

여자의 매력은 단순히 얼굴만이 아니다

"어떻게 처음과 같을 수 있어요?" "나이 들면 주름이 생기는 걸 어떡해요?" 끊임없이 유혹하라는 말에 대한 여자들의 항의이다. 여자들의 마음을 모르는 것은 아니다. 하지만 매력을 키워서 남자를 유혹하라는 말에 여자들은 왜 외모만 가꿔야 한다고 생각하는 걸까. 여자의 매력은 외모에만 있는 것일까?

솔직히 남자가 이성을 볼 때 외모를 따지는 것은 사실이다. 그렇지만 남자가 예쁜 여자에게만 환장하는 것은 아니다. (당신은 얼굴만 보고 스킨십에 환장하는 짐승과 사귀고 싶은가?) 어떤 일에 열의를 갖고 집중하는 남자의 모습에 여자들이 호감을 느끼는 것처럼, 남자도 자신만의 세계를 갖고 자기계발에 힘쓰는 여자에게 매력을 느낀다.

좋은 직장으로 이직하기 위해 퇴근 후 자격증학원을 다니거나, 틈날 때마다 각종 공모전에 도전하는 모습도 남자에게는 새로운 매력으로 다가간다. 꼭 공부일 필요도 없다. 요가, 살사댄스, 독서 등 자신만의 생산적인 취미생활에 몰두하는 모습도 매력적으로 비춰진다.

헤어진 남자친구를 잡고 싶다면, 남자에게 울고 매달리며 공(空)약을 남발하지 마라. 머리를 자르고 염색을 하든 갑자기 다이어트를 하든 새로운 일에 도전하든 지금의 당신과는 다른 모습을 보여줘라. 뭐가 됐든 좋다. 연애에 목매달지 말고 자기 자신을 가꿔라. 헤어진 남자친구는 하루하루 달라지는 당신을 보며 새로움을 느껴 다시 손을 잡고 싶어 할 것이다.

밴드 에이드(브라질)

연애를 하면서 헤어지거나
상처받는 것을 너무 두려워하지 말자.
혹시 이러다 죽는 게 아닐지 겁부터 나지만
막상 넘어져서 다치면 좀 따끔하고 쓰릴 뿐이다.
따끔하고 쓰리다고 길바닥에 주저앉아 엉엉 울지 말자.
상처에 연고 바르고 밴드 붙이고 씩씩하게 일어나자.

어떤 상처든 결국엔 낫는다

이별한다고 죽지 않는다

이별통보를 받은 사람들은 마치 심장마비라도 온 것처럼 가슴을 부여잡고 고통을 호소한다. "너무 힘들어요!", "차라리 죽고 싶어요!", "이러다 정말 제가 어떻게 될 것만 같아요!" 그래, 나도 이별해봤고, 가슴이 찢어지는 고통에 숨을 헐떡여도 봤다. 그런데 이별 좀 한다고 사람이 죽지는 않는다. 헤어지자는 연인의 말에 "그래? 뭐 어쩔 수 없지. 좋은 사람 만나~"라고 쿨하게 말하고 클럽에 가서 살풀이를 할 수 있는 사람은 많지 않겠지만, 헤어지자는 연인의 말에 햄릿처럼 머리 싸매고 죽느냐 사느냐를 고민할 필요도 솔직히 없다.

처음에는 이별의 상처가 영원히 치유될 수 없는 불치

병처럼 느껴지겠지만, 그 상처는 친구가 권하는 몇 잔의 (혹은 몇 병의) 술로 소독되고 시간이라는 밴드로 아물 것이다.

2년 전쯤에 남자친구와 헤어지고 너무 힘들다고 호소하는 L양에게 내가 주최하는 파티와 모임에 초대했다. 그 당시 아주 바빠서 그녀의 하소연을 따로 들을 시간은 없었고, 이왕이면 와서 기분 전환이라도 하라는 뜻에서 권했다. 한두 번쯤 모임에 나왔을까? 그녀는 내 연락을 차단했는데, 1년이 지나서 다시 연락을 해왔다.

"저 결혼해요. ☹ 저번에 모임에 나갔을 때 알게 된 사람과 결혼하는데…… 괜히 이상하게 보실까 봐 연락 못 했어요. 죄송해요. 내년 2월에 결혼식을 할 것 같은데 시간 되면 오셔서 식사라도 하고 가세요. ☺"

그렇다. 결국 상처는 낫기 마련이다. 그러니 이별통보를 받았다며 눈물콧물 흘리며 당신을 밀어내는 연인을 붙잡지 말자. 지금 당장은 죽을 것 같지만 이별의 상처로 죽을 일은 없을 것이고 시간이 지나면 또 다른 사람을 만나 또 다른 사랑을 하게 될 것이다. 기껏해야 좀 따끔하고 쓰라린 아픔(아니 좀더 심하게 따끔하고 좀더 쓰라린 아픔이라고 해도), 엄살 피우지 말고 당당하게 견디고 받아들이자.

이별통보가 사형선고처럼 절망적으로 다가오는 이유는 당신이 만남에 대해서 아직 잘 모르기 때문이다. 흔하디 흔한 표현이지만 "만남이 있으면 헤어짐도 있는 법"이라는 말처럼, 연애를 시작하면 그 연애에는 언젠가 끝이 있다. 다만 내일 또는 다음 달에 올 수도 있던 이별이 지금 왔을 뿐이지 영원해야 할 연애가 끝난 것이 아니다.

이별통보는 사형선고가 아니라 약정만료다. 일단 당신의 연애는 약정만료로 끝이 났지만, 현명하게 처신한다면 다시 계약을 맺을 수도 있다. 하지만 제일 편한 길은 새로운 연애로 갈아타는 것임을 명심하자.

이렇게 말해도 "전 그 사람이 아니면 안 돼요!"라고 떼쓰고 싶다면, 더더욱 이별통보를 가벼운 약정만료로 생각하자. 헤어지자는 상대의 말에 절망하고 야단법석을 피워봤자, 상대는 당신을 동정할 뿐이다. 물론 동정심에 기대서라도 연인을 붙잡고 싶은 마음은 잘 알겠지만, 동정심에 붙잡아봐야 한 달도 채 못 가서 다시 헤어지자는 소리가 나온다. "이럴려고 다시 만나자고 한 거야? 그냥 헤어져!" (심지어 이 지경에 이르면 더 이상 동정심을 구걸할 수도 없다.) 이럴 때는 차라리 이별을 약정만료처럼 담담히 받아들이고 새로운 계약을 위해 이성적인 태도로 대화의 테이블에 나가보자. 이성적으로 대화하면서 타협점을 찾을 수 있다면 상대와 새로운 계약을 맺을 수 있을지도 모른다.

> 연애를 시작하면 그 연애에는 언젠가 끝이 있다. 다만 내일 또는 다음 달에 올 수도 있던 이별이 지금 왔을 뿐이지 영원해야 할 연애가 끝난 것이 아니다.

만약 이성적인 대화를 통한 계약연장에 실패한다 해도, 끝까지 차분한 태도로 상대의 이별통보를 받아들여야 한다. 자연스럽고 호들갑스럽지 않은 자세에 상대는 의아하게 되고 그냥 좀 심하게 다툰 듯한 애매한 분위기가 연출될 수도 있다. 이런 애매한 분위기는 상대로 하여금 언제든 머리를 긁적이며 당신에게 돌아올 기회를 제공할 수도 있고, 그동안 당신의 달라진 모습을 말이 아닌 행동으로 보여준다면 그 확률은 몇 배 뛰어오를 것이다.

이별은 훌륭한 연애 오답노트다

이별이 꼭 슬프고 가슴 아픈 일이기만 할까? 분명 이별은 인생에서 열 손가락 안에 꼽을 수 있을 정도의 아픔이기는 하겠지만, 현명하게 대처한다면 이별은 훌륭한 연애 오답노트가 될 수 있다. 연애는 생면부지의 남녀가 손을 잡고 같이 걸어가는 일이다. 그렇기에 누구나 상대에게 상처 주는 가시를 가지고 있다는 점을 간과해서는 안 된다. 처음에는 사랑의 힘으로 버틴다고 하지만 상대를 고통스럽게 하는 자신의 가시를 무디게 하지 않으면 결국에는 헤어지자는 말을 들을 수밖에 없다.

당신은 "그래, 내가 좀 집착이 심하지." "상대에게 내가 너무 부담을 주긴 해." "하긴 나더러 이기적이라고들 하긴 하지." "내가 감정기복이 좀 심하긴 해." "친구들이 나더러 사람을 너무 몰아세운다고 하는데……." 라고 평소에 자신의 단점에 대해서 어느 정도는 파악하고 있었을 것이다. 하지만 마음속으로는 "사귀는 사이인데 이 정도는 이해해 줄 수 있는 게 아닐까?" "그 사람도 단점이 있어!" "몰라! 이것도 내 개성이야!" "처음에는 그런 모습도 예쁘다고 했으면서!" "왜 나

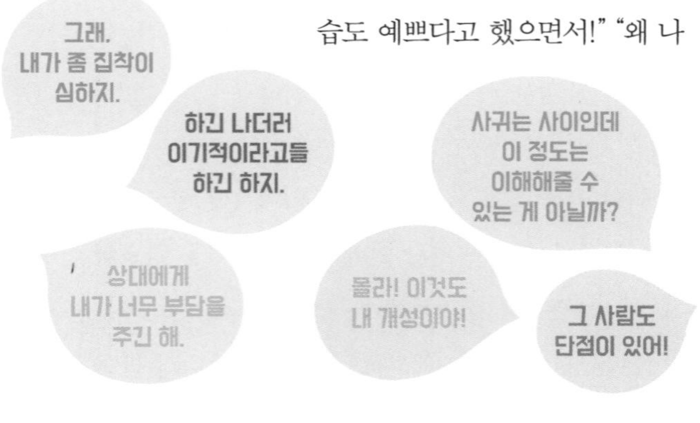

만 맞춰야 하는 건데?"라고 생각하며 당신의 행동이 상대에게 얼마나 상처가 되는지 어떤 결과를 불러올 것인지 전혀 예상하지 못했을 것이다. 그런 점에서 이별통보는 당신의 행동 중 이성이 절대 참고 넘길 수 없는 부분을 지적하는 매우 훌륭한 오답노트가 될 수 있다. 이별의 이유를 무조건 케바케로 생각하지 마라. 좋아하는 것은 취향에 따라 다를지 몰라도 싫어하는 것은 대부분 비슷하다.

매번 비슷한 패턴으로 만남과 이별을 반복하고 있다면, 이별을 통해 충분히 자신의 단점에 대해 고민하고 개선할 기회가 있었는데도 연애 오답노트 작성을 게을리한 것이다.

이별은 분명 아프다. 하지만 그 아픔은 당신을 절망으로 이끄는 아픔이 아니라 자신을 더 다듬고 개선할 수 있게 하는 아픔이다. 그러니 헤어지자는 말을 듣고 울거나 떼쓰거나 소리를 지르지 말고 최대한 담담하게 상대와 대화를 시도해보자. 그래도 해결이 안 된다면 자신의 지난 연애생활을 돌이켜보며 상대를 아프게 했던 자신의 가시와 실수를 곱씹으며 연애 오답노트를 작성하자.

elliott 포장이사(남아프리카공화국)

많은 사람들이 다른 사람을 만나면
색다른 연애가 펼쳐질 것이라고 믿지만,
대부분의 경우 이사 후에 창밖의 풍경만 달라진 방처럼,
이전과 크게 다르지 않은 연애를 한다.

사람이 바뀌면 달라진 연애를 할까

다른 남자라고 다를 것 같은가

"어떻게 이럴 수 있지?" "이런 남자인 줄 몰랐어!" "이건 아닌 것 같아……." 등의 생각과 함께 자신의 머릿속에서 배신감과 실망이 콜라보레이션을 하고 있다면, 크든 작든 남자친구의 행동이 자신이 바라는 연애생활에 적합하지 않다는 소리이다. 그렇다면 지금의 남자친구와 헤어지고 새로운 연애를 시작하는 것이 현명한 판단일까? 나는 아니라고 생각한다. 지금의 남자친구에게 느낀 불만을 다음 남자친구에게 똑같이 느낄 확률이 높기 때문이다. 쉽게 이야기하자. "다른 남자라고 다를 것 같은가?"

지금의 남자친구와 헤어지면 다음에는 연락도 자주 하고 자기관리도 잘하고 주변에 아는 여자 하나 없는 남자가 자신을 기다리고 있다는 확신은 어디서 나오는가? 지금의 남자친구에게 느끼는 불만을 모두 해소해줄 남자가 이 세상에 몇 명이나 될까? 그리고 그 남자가 당신의 남자가 될 확률은 얼마인가?

남자는 DIY 가구다

최선의 연애는, 당신이 뛰어난 안목으로 무결점 완벽남을 골라서 여포를 유혹한 초선의 뺨을 후려칠 정도의 유혹술을 시전하여 완벽남을 자신의 것으로 만드는 것이다. 그런데 자신 있는가?

여자: 바로님, 님의 말씀이 맞는 건 저도 알아요. 하지만 남자가 잘못한 건데 왜 여자만 노력해야 하나요? 불공평하지 않나요?

나: (심드렁하게) 그렇죠. 이왕이면 나만 사랑하는 이상적인 남자친구를 만나고, 그와의 사랑이 변하지 않는 게 베스트죠. 그런데, 본인이 만나고 있는 남자가 자신이 바라는 대로 행동하지 않는다고 해서 그때마다 헤어질 건가요?

연애는 고급 앤티크 가구점에 가서 당신의 고상한 취향에 맞는 고풍스러운 가구를 고르는 것이 아니다. 현실의 연애는 인터넷으로 DIY 가구를 구매하여 직접 사용할 가구를 조립하는 것이다. 가구를 조립하는 과정에서 가끔은 설명서대로 조립되지 않는 경우도 있고, 부품이 몇 개 빠져 있는 경우도 있다.

진정한 연애실력은 이때 나온다. 어떤 사람은 자제력을 잃고 "뭐 이런 가구가 있어?"라고 망치로 부수지만, 진정한 능력자들은 임기응변을 발휘하거나 예전에 조립에 실패했던 수많은 DIY 가구를 떠올리면서 자신만의 비법으로 위기상황을 헤쳐나간다. 결국 연애는 내가 얼마나 좋은 사람을 만나는지가 아니라, 내가 얼마나 상대를 잘 조립하는지에 달려 있다.

그렇다면 어떻게 내가 원하는 대로 남자를 조립할(또는 변화시킬) 수 있을까? 그 답은 ○○문고 육아코너에 있다. 남자를 도저히 이해할 수 없고 어떻게 대처해야 할지 감이 잡히지 않을 때는 육아서적을 읽어보자. 그 책에는 눈 코 입이 다 있지만 말이 통하지 않는 생명체와 교감하는 방법이 실려 있다. (남자만 애 같다는 소리는 아니다. 여자도 똑같다.)

"언제까지 인내하고 노력해야 해요?" "얼마나 하면 남자친구가 변하나요?" "한 달 하면 될까요?" 등의 질문이 늘 뒤따라온다. 대답은 아주 뻔하다. "당신이 할 수 있는 것보다 조금 더요." 너무 애매한 처방이겠지만, 연애실력을 키우고 더 안정적인 연애를 하기 위해서는 이보다 더 좋은 처방은 없다.

> 당신이 할 수 있는 것보다 1그램만 더 노력해보자. 그러면 후회 없이 이별할 수 있고, 다음 연애에서 더 능숙해진 자신을 발견할 수 있다.

작년에 나는 개인 PT를 받은 적이 있다. 트레이너는 분명히 15회를 하라고 했으면서, 15회가 끝날 무렵에는 말을 바꿨다. "한 번 더! 한 번 더! 한 번 더 해야 근육이 생겨요!" 팔이 당기고 허벅지 근육이 찢어질 것 같은데, 자꾸 한 번 더를 외치는 트레이너가 야속했지만, 그 덕분에 나는 좀더 무거운 무게의 덤벨을 들 수 있었고 더 많은 운동을 할 수 있었다.

남자친구가 마음에 들지 않는가? 그렇다면 노력해서 그 사람을 변화시키자. 물론 사람을 변화시키는 일은 쉽지 않다. 그렇지만 당신이 할 수 있는 것보다 1그램만 더 노력해보자. 그러면 후회 없이 이별할 수 있을 것이며, 다음 남자를 만났을 때는 더 능숙해진 자신을 발견할 수 있다.

펫 헬스 마켓 애완동물 용품점(미국)

항상 똑같은 패턴으로 이별하고 있다면,
그것은 당신이 남자와 대화할 줄 모른다는 뜻이다.
당신의 언어로 속마음을 말하고 있지는 않은가?
만약 그렇다면 평생 똑같은 패턴으로 이별을 통보받을 수밖에 없다.
사람은 자기가 듣고 싶은 말만 듣는다. 남자와 의사소통을 하고
연애를 하고 싶다면 남자의 언어로 대화하는 법을 찾아라.

똑같은 패턴으로 이별하고 있는가

누구나 자신이 듣고 싶은 말만 듣는다

이별통보를 받은 여자와 이야기를 나누다 보면, 본인이 잘못했다는 것인지 남자가 나쁜 ×이었다는 것인지 이별의 사유에 대해서 분간이 가지 않는 경우가 많다.

"남자친구의 연락이 줄어서 한마디 했어요." "요즘 저를 사랑하지 않는 것 같아서 남자친구에게 서운하다고 했더니, 남자친구는 자기는 똑같은데 왜 그렇게 말하냐고 하더라고요. 뻔히 알 수 있을 정도로 연락도 줄고 표현도 줄었으면서! 화가 나서 쏘아붙이다가 결국엔 크게 싸웠어요." "저는 기념일을 많이 챙기는 스타일은 아니에요. 그래서 처음부터 100일이나 발렌타인 데이 때는 간소하게 하고 서로의 생일은 조금 특별하게 보내자고 했는데, 제 생일에 일이 바쁘다며 간단히 식사나 하자고 하는 거 있죠?"

그녀들은 이런 이유를 붙여서 자신이 화를 낼 수밖에 없는 상황이었고, 남자를 압박하는 데 나름의 정당한 이유가 있었다는 투로 이야기를 한다. 때로는 원리원칙을 들먹이는 경우도 많다. 예를 들어, "일주일에 한 번밖에 못 만나는 건 연인 사이에서 말도 안 되는 일 아닌가요?" "좀 뭐라고 했다고 잠수를 타다니. 그건 예의가 아니죠." "술 마실 때 제발 연락 좀 끊지 말라고 부탁했어요. 그 부탁에 말로만 연락 받겠다고 하고서는 휴대폰이 먹통이 된 게 몇 번인지 아세요? 그 건으로 크게 싸웠는데도 술을 마시면 여전히 연락두절이에요."

상대가 어떤 잘못을 했든 얼마나 예의 없이 굴었든, 당신이 교사처럼 근엄하게 꾸짖어봐야 상대의 귀에는 한마디도 들어가지 않는다. 사람은 누구나 자신이 듣고 싶은 이야기에만 귀를 기울인다. 더 잔인하게 말하면, 상대는 당신의 감정에는 관심 없다. "하여간 남자들이란……."이라고 혀를 차기 전에, 자신의 모습을 돌이켜보자. 남자가 인상을 쓰든 내일 이야기하자고 백기를 들든 상대의 상태를 고려하지 않고, 자신이 하고 싶은 이야기를 마구 쏘아붙인 적이 없는가?

물론 당신은 원인제공자가 남자친구라고 말하고 싶겠지만, 남자친구는 그런 당신의 모습을 보고 질려서 이별을 통보하는 것이다. 여자니까 참으라고 하는 소리가 절대 아니다. 원하는 게 있다면, 상대를 살살 구슬려서 자신의 말을 들을 수 있게 해야 한다는 말이다.

상대의 언어로 이야기하라

이별사연을 들어보면 확실히 남자 쪽에도 문제가 있다. 연락이 뜸하고 여자지인은 많고 가끔 잠수도 타는 등 연애문제에도 소송이 가능하다면 대한민국의 여자들은 꽤 괜찮은 위자료를 받아낼 수도 있을 것이다(그러면 나는 연애전문 변호사를 하고 싶다). 하지만 안타깝게도 연애문제로 소송을 걸 수는 없고, 어느 한쪽이 확실히 잘못했다 한들 상대가 통보한 이별을 무효화시킬 수도 없다.

상대에게 어떤 변화를 이끌어내려면 상대의 스타일에 맞는 언어를 구사해야 한다. 어떤 남자에게는 칭찬을 해주고 그의 기분이 한껏 고조되었을 때 서운했던 일에 대해 이야기해야 잘 먹히고, 또 어떤 남자에게는 눈물을 흘리며 보호본능을 자극하는 행동이 효과가 있다. 당신이 활용할 수 있는 방법은 각양각색이다. 다만 당신이 느낀 대로 당신이 말하고 싶은 대로 상대에게 내뱉는 일만은 피하자. 당신이 하고 싶은 대로 행동하면 상대도 똑같이 행동한다.

이 세상에 당신의 말을 100퍼센트 이해하고 따라줄 남자는 없다. 남자에게 뭔가를 원한다면 당신이 남자의 언어를 배워서 다가가야 한다. 외국인에게 외국어로 부탁해야 하는 것처럼, 남자에게 부탁하고 싶으면 그가 공감하고 알아들을 수 있는 언어로 말하자.

대화법을 꾸준히 개발하자

한 통의 메일이 왔다.

"4년간 사귄 남자친구가 헤어지자고 했어요. 이별 후에 저는 바로님의 글을 읽고 지냈고, 반년이 지나서 남자친구가 돌아왔어요. 하지만 남자친구와의 관계가 예전 같지 않더라고요. 서운했지만, 그럴 때마다 조금 더 노력해보자고 다짐했어요. 제 말투나 행동을 남자친구 입장에서는 어떻게 받아들일지 고민하면서. 그렇게 1년이 지났어요. 조금씩 제가 달라지니 불가능이라고 생각했던 일이 일어났어요. 제가 울고불고 하소연하고 화를 내도 달라지지 않았던 남자친구가 정말 다정한 사람이 되었어요. 말씀대로 남자와 여자는 대화방식이 다르다는 것을 이번에 실감했어요."

어르고 달래고 별짓을 다해봤지만 남자친구가 전혀 변하지 않았다고 말하는 경우가 있는데, 그건 당연한 일이다. 당신이 최면술사도 아닌데, 몇 번의 시도로 한 사람의 행동이 변하겠는가? 그렇다면 그게 더 말이 안 된다.

여러 방법을 강구해 시도하면서 그중에서 효과가 있는 방법을 세부적으로 조금씩 바꿔서 남자친구에게 딱 맞는 맞춤형 대화법을 만들자. 물론 그 길이 고되고 수없이 포기하고 싶은 충동이 들겠지만, 그것은 당신 남자친구가 고약한 성격의 소유자이기 때문이 아니라 당신이 어떤 사람을 만나도 겪어야 할 연애의 일부분이다.

"대체 언제까지 그래야 하나요?"라고 답답해할 사람이 있을 것이다. 너무 걱정하지 않아도 된다. 내 조언대로 상대에게 딱 맞는 대화법을 만들려고 노력한다면 상대의 작은 긍정적인 변화도 눈에 금방 띌 것이고, 그 작은 긍정적인 변화에서 희망을 보면서 더욱 박차를 가하게 될 것이다.

6장 연애는 달콤씁쓸하다

가정용 공구회사 르루아 메를랑(브라질)

바쁘다고 상대에게 소홀하지 말자.
당신의 무관심에 상대는 상처받고
자신에게 관심을 주는 경쟁자와 더 가까워질 수도 있다.
모든 일은 사소한 것에서 시작된다.

모든 일은 사소한 것에서 시작된다

당신의 빈자리를 채울 경쟁자가 나타난다

이번에는 남자들이 들어야 하는 이야기를 하려고 한다. 광고에서는 색다르게 가정용 수리공구의 중요성을 알리고 있다. 어떻게? 만사가 귀찮다면 아내가 정원사나 전기수리공과 즐거운 한때를 즐길 수도 있다는 경고의 메시지로. 우리나라에서는 100년쯤 지나야 가능할 것 같은 이 파격적인 광고는 '다 잡은 물고기에는 떡밥을 주지 않는' 남자들의 심리를 날카롭게 꼬집고 있다.

연애 초기만 해도 자신이 슈퍼맨이라도 되는 것처럼 여자의 부탁에 하늘의 별도 따다 줄 것처럼 굴던 남자도 시간이 흐르면서 여자의 부탁을 대놓고 귀찮아한다. 점수라도 딸 생각에서 잘해주던 여자에게, 연인 관계가 안정적이 되면서 '내 여자'라는 생각이 확고해지다보니까 일어나는 현상이다.

여자들은 이런 남자들의 모습에 잘못 골랐다고 무릎을 치지만 그렇다고 도로 무를 수도 없으니 씁쓸히 인내할 뿐이다. 하지만 남자들이 생각지도 못한 변수가 있다. 당신이 귀찮아하는 일을 대신 해주면서 여자친구에게 야금야금 점수를 따고 있는 경쟁자가 있다는 것이다. 베일에 싸인 그들은 당신이 귀찮다며 거절한 일들을 해주며 여자친구의 마음을 파고든다. 바쁜 업무로 여자친구를 소홀히 대하면, 경쟁자는 당신의 빈자리를 채우려고 들 것이다. 여자친구의 이런저런 부탁을 거절하면, 그녀는 다음부터 경쟁자에게 부탁을 할 것이다. 처음에는 당신의 빈자리를 채우려는 것뿐이지만, 시간이 지나면 여자친구는 당신의 자리를 경쟁자에게 주고 싶어 할 것이다. 다시 말해, 당신을 차고 다른 남자에게 가려고 할 것이다.

남자친구와 새로운 남자 사이에서 고민하는 여자들의 사연을 읽어보면, 여자들은 자신을 아끼고 사랑하는 남자에게 끌린다는 것을 알 수 있다. 물론 장기적으로는 경쟁자 역시 시간이 지나면 현재의 남자친구처럼 태만한 모습을 보일지 모르지만, 당장에는 0.1퍼센트의 작은 확률에 흔들리는 것이 사람 마음이다.

"저도 왜 마음이 흔들리는지 모르겠어요. 저도 오빠가 바쁘다는 걸 머리로는 이해해요. 하지만 연애를 하고 있는데도 외롭다는 생각이 자주 드는데다, 제 위치가 항상 뒤로 밀린다고 생각하니 더욱더 서운해져요."라고 말하던 대학생 E양이 그렇다. 사실 E양은 남자친구가 처음에는 마음에 들지 않았다. 키도 작고 스타일도 뒤떨어지고. 그래도 남자친구의 성실함과 헌신적인 모습에 마음을 열었다.

시간이 흐르고 남자친구의 입에서 바쁘다는 말이 나오기 시작하면서 문제가 시작되었다. E양은 바쁜 남자친구를 이해하기 위해 노력했지만 "오늘도 바쁘다."는 말만 계속 듣게 되었다. 지친 E양의 고민을 들어주던 과선배는 어느덧 남자친구의 자리를 위협할 만큼 강력한 경쟁자가 되었다. 어쩌겠는가. 모든 일은 작은 것에서 시작되는 것을.

아주 조금만 신경쓰자

남자들이여, 조금만 신경쓰자. 사실 여자들이 바라는 것은 그렇게 큰 게 아닐지도 모른다(사람에 따라 다를 수도 있지만). 점심시간에 "식사 맛있게 해."라는 문자 한 통, 뜬금없이 전화해서 "사랑해." 한마디, (남자의 입장에서는) 정말 사소한 것에서 여자는 남자의 사랑을 느낀다.

어느 날 여자친구가 이유 없이 싱글벙글 웃고 있길래 이유를 물은 적이 있다. "아니, 당신과 문자 주고받는 걸 보면서, 친구들이 3년씩 사귀었는데 아직도 이렇게 자주 연락하냐면서 내가 부럽다고 하네." 주변 친구들이 부러워할 만한 명품백을 사준 적도 없고 기념일마다 회사로 꽃다발을 보내지도 않았다. 그저 생각날 때마다 연락하고 조금은 닭살스러운 이야기를 용기 내서 몇 번 한 것뿐인데도 여자친구는 행복해하고 주위의 부러움을 산다. 사랑하는 그녀를 잃고 싶지 않다면, 센스가 부족하다고 귀찮다고 핑계대지 말고 노력하자.

세계심장연합(영국)

어쩌다 만난 훈남에게 마음을 홀딱 빼앗기기 전에
그의 치명적인 위험도 같이 생각해야 한다.
먹음직스러운 크루아상에 건강을 위협하는 지방이 듬뿍 들어 있듯이,
당신을 유혹하는 남자에게는 치명적인 바람기가 듬뿍 들어 있다.

매력과 위험은 비례한다

매력은 곧 위험이다

잘생기고 재미있는 남자가 접근한다면, 분명 기분 좋은 일이지만 한편으로는 적당히 경계해야 하는 일이다. 당신의 눈에 매력적인 남자는 다른 여자의 눈에도 매력적일 것이고, 그 사실을 그 남자도 알고 있기 때문이다. 쉽게 말해서, 잘생기면 얼굴 값을 한다는 말이다. 하지만 당신이 간과하기 쉬운 유형도 있다. 얼핏 평범해 보이는 남자도 유머가 넘치거나 매너가 좋다면 나름의 매력 값을 한다는 것이다.

여자와 달리 남자는 자신의 매력을 한 여자에게 쏟아 붓지 않는다. (우리 남친은 다르다고 하지 마라. 그런 말은 당신이 남자친구를 아직 모른다는 반증이다.) 매력 있는 남자는 언제나 모든 사람(심지어 동성에게까지)에게 자신의 매력을 어필하고 그 매력에 반응하는 여자를 공략한다.

그 대표적인 예가 지인 Y군이다. Y군은 외모도 키도 스펙도 특별히 뛰어나지 않지만, 과할 정도로 말을 잘하고 분위기를 주도하는 데 국가대표 선수급이다. 덕분에 Y군과 함께 있으면 어색한 자리도 곧바로 고등학교 동창회가 된다. 그러다 한 여자가 자신의 레이더망에 포착되면 Y군은 결코 놓치는 법 없이 그녀를 공략한다.

말에 현혹되지 마라

처음에는 Y군을 대수롭지 않게 보던 여자들도 Y군이 입을 열고 30분이 지나면 "여자 많을 것 같아요."라고 그를 전문 바람둥이로 낙인을 찍는다. 그런데 Y군은 어떻게 여자의 마음을 사로잡는 것일까? 그 비결은 '말'이다. 한번 목표를 정하면 그는 그 목표물에게 속사포처럼 말을 쏟아낸다. "나 원래 이런 사람 아닌데……." "이런 적은 처음인데……." "첫눈에……." "여자친구와는 사이가 안 좋아서……." (여자친구와 아주 잘 지내고 있다.) "요즘 좀 힘들어서……." 따위의 말을 하면 그의 목표물은 금세 촉촉한 눈으로 그를 바라본다.

Y군의 멘트에는 비결이라고 할 만한 것도 없다. 그저 "나는 보기보다 착한 사람인데 바람둥이라는 오해를 많이 받는다." "나는 정말 네가 좋다."라는 식의 뻔한 말들이다. 이런 뻔한 말에 여자들이 넘어가는 이유는 애초에 목표물이 Y군의 매력에 빠졌고 목표물인 여자의 마음속에 내심 '이 사람이 날 좋아해주면 좋겠다.'라는 생각이 자리하고 있기 때문이다. 이 속내를 알아챈 Y군은 "나는 네가 걱정 안 해도 되는 사람이다."라는 말을 뻔하게 여러 개로 변주해서 말하면서, 이 남자가 자신을 좋아하면 좋겠다는 여자의 욕구를 건드린다. 결국 여자의 머릿속에는 '그래, 이 남자는 바람둥이가 아닐 거야.' '이 남자가 날 진심으로 좋아하는구나.'라는 생각이 자리매김하는 것이다.

조심하면서 즐기자

앞서 말했듯이 매력적인 남자는 언제나 그 매력 값을 한다. 그렇다면 매력 값이 없는 무매력의 남자를 만나면 될까? 물론 그런 남자를 만나도 되지만, 매력 없는 남자와의 연애는 생각만 해도 지루하고 답답하지 않을까? 건강에 좋다고 균형잡힌 식단만 고집할 수 없는 것처럼 연애도 적당히 위험을 감수하며 슬기롭게 즐기는 것이 현명한 선택이다. 그런 점에서, 앞으로 매력적인 남자가 다가오면 무조건 '대박'이라고 환영하거나 '이 남자 바람둥이일 거야.'라고 밀어내지 말고 '어랏? 이 남자 대놓고 유혹하네.'라고 회심의 미소를 지어라.

남자가 주말에 술 한잔 청하면 오케이하고, 남자가 하자는 대로 따라주고 때로는 당신이 먼저 다가가기도 해라. 당신이 적극적으로 다가가면 다가갈수록 남자는 신이 날 것이고, 당신은 결정적인 순간에 스톱을 외치면 된다. 예를 들어, 1차에서 약간 취할 정도로 술을 마시고 2차는 스톱을 외쳐서 집으로 도망가고, 다음에는 2차까지만 하고 도망가고. 그렇게 남자의 애를 태워라(중요한 점은 1차에서는 언제나 오케이를 해야 한다는 것. 무조건 노를 외치면 아무도 당신을 위해 노력하지 않는다).

처음에는 가볍게 생각하던 일이 될 듯 말 듯 꼬일 때 남자는 젖 먹던 힘까지 짜내서 당신을 공략하려 들 것이고 이것이 사랑으로 이어진다. 또한 이 과정에서 순전히 당신의 육체만 원하는 바람둥이들은 알아서 떨어져 나가면서 어느 정도 쭉정이가 솎아진다.

바람둥이는 위험하다. 위험한 만큼 매력적이어서 당신

이 지금껏 만난 남자들과는 다른 느낌을 선사해준다. 자신이 없다면 일찌감치 도망쳐라. 하지만 한번쯤은 연애를 좀 아는 바람둥이와 아슬아슬한 긴장감을 주고받는 것도 새로운 경험이 될 수 있다.

The ultimate off-road vehicle.

폭스바겐 오프로드카(아일랜드)

소개팅 어플에도 분명 훈남은 있다.
하지만 어플에서 정상적인 훈남을 만나기란
들판에서 히치하이킹에 성공하는 것과 같다.
"왜 꼭 어플에서 상대를 찾아야 하는가?"
훈남을 만나는 방법은 어플 외에도 무궁무진하다.

어플에서 훈남을 찾지 마라

로또에 당첨될 확률이 얼마나 되는가

소개팅 어플을 통해서 마음에 드는 사람을 만났다는 여자들은, 내가 아무 소리 하지 않았는데도 쉴드부터 친다. "그는 다른 남자들과 달랐어요." "제가 사용하는 어플은 건전한 어플이에요."라고. 당신의 사랑을 불건전하고 가벼운 마음으로 치부하고 싶지는 않지만, 어플을 통해서 훈남을 만났다고 말하거나 훈남을 찾고 있는 여자들에게 묻고 싶다. "당신은 소개팅 어플이 아니면 사람을 만날 수 없는가?"

그렇게도 인맥이 좁나? 주변에 쓸 만한 남자도 없고 소개팅을 주선해줄 지인도 없단 말인가? 연애란 온라인이 아니라 오프라인에서 시작하는 것이 좋다. 물론 주위에 당신의 수준 높은 욕구를 만족시킬 훈남이 턱없이 모자랄 수도 있겠지만, 그렇다면 학원이나 동호회에 나가서 자신의 활동반경을 조금씩 바꾸는 것이 먼저 해야 할 일이다. 방구석에 앉아 맥주를 마시며 감상에 젖어서 스마트폰 어플에 의지하는 것은 권할 만한 방법이 절대 아니다.

물론 소개팅 어플에서 훈남을 만나는 로또에 당첨될 수도 있다. 하지만 확률을 따져보자. 어플에서 이상한 목적을 가진 위험한 남자가 아니면서 당신이 원하는 이상형에 부합하는 남자를 만날 확률이 얼마나 될까? 만약 지금 그런 남자를 만나는 중이라면, 정말 그 남자가 당신이 생각하는 남자인지 확신할 수 있는 증거가 있는가?

물론 어플에서도 훈남을 만날 수 있다. 하지만 만나게 된 계기를 묻는 친구의 질문에 우물쭈물하며 대답하기 곤란하다면 굳이 어플을 배회할 정도로 남자가 필요한 상황인지 스스로 물어보자.

상대의 목적을 파악하라

여자들에게 "왜 어플로 사람을 만나려 해요? 그렇게 궁해요?"라고 물어보면, 소개팅 어플 애찬론자의 99퍼센트는 "그냥 심심풀이로 해본 건데……. 하여간 그 남자는 정말 달랐어요"라고 빈약한 변명을 댄다. 남자들은 무슨 생각으로 소개팅 어플을 이용할까? (아, 진짜, 정말 이렇게까지는 말 안 하고 싶었는데…….)

내가 설명하는 것보다 당신이 선호하는 포털 사이트 검색창에 '○○○(당신이 사용하는 어플) 여자'라고 쳐보자. 거기에 검색된 상위 10개 정도의 게시물을 읽어보고 곰곰이 생각해보자. 과연 당신이 사용하는 어플에서 이상형의 훈남을 만날 수 있을까? 또 그 어플이 훈남과의 만남이 목적이 아니더라도 허심탄회하게 대화를 나눌 만한 곳인지.

그 어플을 이용하는 남자들이 모두 위험하다는 말은 아니다. 당신이 웹툰을 볼 때 웹툰 어플을 실행하듯, 대부분의 남자들은 소개팅 어플을 당신이 검색해서 알게 된 목적에서 이용할 뿐이다. 만약 당신의 목적도 그들의 목적과 같다면 얼마든지 소개팅 어플을 이용해 소기의 목적을 달성해라. 하지만 당신의 목적이 그들과 다르다면, 다소 번거롭고 시간과 비용이 소요된다고 해도 다른 방법을 찾아보자.

호감보다 중요한 것은 신뢰다

이렇게까지 말해도 끝까지 "그 사람은 정말 다르다니까

요!"라고 주장할 사람이 있을 것이다. 누차 말하지만, 소개팅 어플도 사람이 모이는 곳인데 어찌 건전한 훈남 한 명 없겠는가. 당연히 어플에서 당신의 이상형이 있을 수 있고 예측할 수 없는 미미한 확률로 당신과 이어질 수도 있다.

하지만 어플을 통한 만남에는 필연적으로 결여되는 부분이 있다. 그것은 바로 '신뢰'다. 당신의 눈에 멀쩡해 보일지 몰라도, 그 사람이 어떤 사람인지 당신이 확신할 수 있는 어떤 안전장치도 없다는 점을 인정해야 한다.

그렇다고 소개팅 어플을 통해서 절대 사람을 만나지 말라는 것은 아니다. 다만 서로의 입에서 나온 이야기 외에 아무것도 서로에 대해 모른다는 점을 인정하고, 사랑을 불태우기 전에 부족한 신뢰를 쌓는 기간을 충분히 두라는 것이다. 약속을 잡을 때 상대의 회사 앞에서 만나고, 조금 가까워지면 서로의 지인을 동반해 만나는 것도 좋다.

소개팅 어플도 장점이 있지만, 나는 추천하고 싶지 않다. 오프라인에서 사람을 만나지 않고 집에서 편히 앉아 손가락으로 서로를 떠보고 사진으로 상대를 평가하는 것을 연애의 범주에 넣기 싫다. 차라리 소개팅 어플로 영양가 없는 소리를 주고받을 시간에 동창회에 나가서 술 한잔 하는 게 낫다. 그 편이 사람을 만나는 보다 빠른 길이다.

바퀴벌레약 Baygon(브라질)

살면서 비합리적이고 이해되지 않는 선택을 하는 경우가 종종 있다. 연애도 마찬가지이다. 대표적으로 나쁜 남자에게서 벗어나지 못하고 심지어 매달리기까지 하는 여자들이 있다. 이유도 한결같다.
"나쁜 놈인 건 알지만 이별이 너무 괴롭단 말이에요."
바퀴벌레가 무섭다고 살인마에게 안길 것인가?
이별의 고통과 나쁜 남자 둘 중에서
과연 어느 쪽이 당신을 더 아프게 할까?

어떤 선택이 더 바보 같은지 생각하자

인지부조화의 늪에서 벗어나라

TV 프로그램 〈사랑과 전쟁〉에나 나올 법한 상담이 제법 들어온다. 알콩달콩 사귀고 있었는데 알고 보니 상대가 유부남이었다, 기분 좋을 때는 세상에 둘도 없이 자신을 아껴주다가 기분이 좀 나빠지면 어김없이 폭언과 폭력을 휘두른다 등 정말 이런 사람들이 어디 있나 싶을 정도로 쌩양××를 만나던 그녀들은 그 ××들과의 재회를 원한다.

나: 미쳤어요? 그 ××와 다시 잘되면 행복할 것 같아요?
그녀들: 제가 잘하면 되지 않을까요?
그의 마음을 바꿀 방법이 없나요?
그래도 아직 사랑하는걸요.

이별은 아프다. 특히 나쁜 남자에게 빠져 허우적대는 여자들은 더욱더 아프다. 미국의 심리학자 레온 페스팅거(Leon Festinger)는 재미있는 실험을 했다. A, B 두 그룹에게 똑같이 지루한 일을 시키고는 A그룹에는 20달러, B그룹에는 1달러를 주고 다음 실험그룹 참가자들에게 실험이 재미있었다고 말하라고 요청했다. 실험이 끝나고 나서, A그룹은 실험이 재미없었다고 솔직히 말한 반면에 B그룹은 실험이 재미있었다고 답했다. B그룹의 사람들은 고작 1달러 때문에 거짓말을 했다는 점을 스스로 납득하기 어려워 자신이 한 거짓말을 사실이라고 믿는 것이었다. 이렇게 행동과 인지 사이의 부조화를 해소하기 위해서 자신의 거짓말을 합리화하는 경향을 '인지부조화'라고 한다.

왜 여자들은 나쁜 남자에게 빠지는 인지부조화를 겪는 것일까? 모든 여자가 나쁜 남자에게 빠지지는 않는다. 툭하면 바람을 피우고 폭언과 폭력을 휘두르는 남자에게 누가 행복을 느낄 수 있겠는가? 대부분의 여자들은 도망가지만, 몇몇 여자들은 남기도 한다. 그때 그녀들은 자신이 왜 나쁜 남자 옆에 남아 있는지에 대해서 고민하면서, 자연스럽게 그 남자를 너무 사랑해서 남았다는 모순된 결론을 내린다. 그러고는 나쁜 남자에게 이전보다 더 매달린다.

정신 차리자. 상대가 피치 못할 상황 때문에 힘들어할 수는 있다. 하지만 거짓말을 일삼고 무책임하게 행동하고 육체 및 정신적으로 폭력을 행사한다면 그 남자는 절대 당신을 행복하게 해줄 수 없으며, 당신도 그런 남자에게 사랑을 느낄 수 없다. 당신은 사랑이 아니라 인지부조화의 늪에 빠져 있을 뿐이다.

더 나은 선택지를 찾지 말고 덜 나쁜 선택지를 골라라

내 조언을 듣고도 "저도 다 알아요. 하지만 너무 사랑하는데 어떡해요?"라며, 그녀들은 나를 여자의 마음도 모르는 사람으로 취급한다. 나쁜 남자와의 연애에서 더 나은 선택은 없다는 것을 알아야 한다. 나쁜 남자와의 재회를 원하는 여자들은 나쁜 남자가 착해져서 자신에게 헌신할 것이라는 가망 없는 몽상을 선택하는 것이다. 하지만 몽상은 몽상일 뿐 현실에서는 이루어지지 않는다. 나쁜 남자를 만나는 여자에게 주어진 선택지는, '평생 나쁜 남자 뒷바라지하면서 인생을 허비하는 것'과 '그간의 희생을 뒤로 하고 고통을 감내하며 새로운 연애를 준비하는 것', 이 두 가지밖에 없다.

> “평생 나쁜 남자 뒷바라지하면서 인생을 허비하는 것과 그간의 희생을 뒤로 하고 고통을 감내하며 새로운 연애를 준비하는 것, 두 가지 선택지밖에 없다.”

나쁜 남자를 만나 평생 괴로워하고 상처받는 쪽과 몇 달간 죽을 만큼 아프다가 새로운 연애를 하는 쪽 중 어느 쪽이 덜 나쁜 선택이라고 생각하는가? 결정을 못 내린다면, 당신의 부모님이라면 어떤 선택을 바랄지 생각해보자.

사랑해서 이별하지 못하겠다는 어리광은 그만 부리자. 어리광을 부리고 떼를 쓴다고 해서 두 가지 선택지 외에 다른 선택지가 생기지는 않는다. 당신이 성인이라면 성인답게 둘 중에 하나를 선택하고 후회 없이 밀고 나가야 한다(물론 그에 따른 책임도 본인이 지는 것이다).

레고(캐나다)

상대가 의심스러울 때 딱 한 가지만 떠올려보자.
"혹시 내가 사소한 일을 부풀려 생각하는 것은 아닐까?"
초록색 레고블럭을 보고 개구리를 떠올릴 수도 있지만
푸른 들판을 떠올릴 수도 있다.
가능성이 열려 있다면
긍정적인 상황을 생각하는 것은 어떤가?

상상은 때론 의심을 만든다

단편적인 정보로 전체를 의심하지 말자

인간과 동물의 가장 큰 차이점은 아마도 상상력일 것이다. 상상력은 묵직한 몽둥이를 들고 사냥을 하던 인간을, 각종 스마트기기로 업무를 처리하고 멀리 떨어진 연인과 대화를 나누게 만든 일등공신이다. 그런 상상력이 때론 엉뚱하게 발휘될 때도 있다. 상대의 의미 없는 행동도 상상력의 방향이 잘못 잡히면 갑자기 헤어지느냐 마느냐를 결정하는 중요한 일로 둔갑하기도 한다.

얼마 전 술자리에서 아는 동생인 J양은 흥분한 얼굴로 내게 자신의 휴대폰을 내밀었다. 화면에는 남자친구와 여자사람친구의 대화 캡처 이미지가 있었다. (그건 언제 또 캡처해서 자기 휴대폰에 보냈대?) "오빠, 이거 바람 피우는 거 맞지? 여친인 내가 있는데 다른 여자와 연락하고. 이상하지?" 나는 그 대화를 읽어보고는 말해줬다. "뭐가. 그냥 친한 사이인가 보네." J양은 자기 편을 들어주지 않는 내게 불만스러워하며 다시 읽어보라고 강요했다. "야, 너랑 나랑 카톡으로 나눈 대화를 네 남자친구라고 생각하고 읽어봐. 그거나 이거나 뭐가 달라?"

남자를 무조건 믿으라는 말이 아니다. 괜한 상상력을 발휘해서 일을 확대해석하지 말고 남자의 행동을 있는 그대로 바라보라는 것이다. 연락이 줄고 다른 여자와 연락을 주고받는 일을 반길 수는 없지만, 당신이 작은 일을 크게 확대시키면 조용히 대화로 풀 일도 서로 헐뜯는 싸움으로 변하고 만다.

믿든가 헤어지든가

의심은 의심을 부른다. 남자의 행동을 보고 사랑이 식은 것인지 다른 여자를 좋아하는 것은 아닌지 생각하기 시작하면, 그때부터 상대의 모든 행동이 의심스러워 보이고 심지어 남자의 사랑 자체를 의심하게 된다. 그렇다면, 이런 의심을 누가 어떻게 풀어줘야 할까? 남자의 행동이 의심스러우니 남자가 의혹을 풀어줘야 한다고 주장할지

> 연애는 간단하다.
> 상대를 믿어라.
> 믿지 못하겠다면
> 상대를 이해하려고
> 하든가, 아니면
> 차라리 깔끔하게
> 헤어져라.

모르지만, 사실 그건 불가능한 바람이다.

사람의 마음이 가방의 지퍼를 열 듯 열어서 내용물을 보여줄 수 있는 성질이 아니기 때문이다. 연락이 뜸해진 남자 친구에게 "요즘 왜 이렇게 연락이 뜸해? 이제 사랑이 식은 거야."라고 물었다고 가정해보자. 아마 남자는 대부분 "좀 바빴어. 미안해."라고 대답할 것이다. 그렇다면 당신은 "아, 그랬구나. 의심해서 나도 미안해."라고 사과할까? 절대 그렇지 않다. "얼마나 바빴길래 연락도 못해?" "이번 프로젝트 지난주에 끝났다며?" "화장실도 안 가?"라고 남자를 추궁할 것이다. 당신이 원래 의심이 많아서 이런 추궁을 하는 것은 아닐 것이다. 남자의 마음을 확인할 길이 없어서 답답한 마음에서 나온 행동일 것이다.

남자를 믿어야 하는 이유는, 남자가 100퍼센트 진실을 말하고 있기 때문이 아니라 당신이 무슨 수를 쓴다 해도 그의 속마음을 100퍼센트 확인할 수 있는 방법이 없기 때문이다. 물론 추궁하다 보면 꼬투리를 잡을 수도 있을지 모른다. 하지만 추궁으로는 남자가 당신을 진정으로 사랑하는지 확인할 수 없을 것이다. 연애는 간단하다. 상대를 믿어라. 믿지 못하겠다면 상대를 이해하려고 하든가, 아니면 차라리 깔끔하게 헤어져라.

스포츠 전문채널 밴드스포츠(브라질)

여자들에게 불편한 진실이 있다.
대부분의 남자들이 작은 유혹에도 쉽게 넘어간다는 사실이다.
그렇다면 여자들은 어떻게 대처해야 할까?
남자의 지인들과 소통하며 남자가 한눈을 팔 수 없도록
튼튼한 그물망을 짜야 한다.

한눈 파는 남자는 그물로 막아라

남자는 대체 왜 바람을 피울까

이 오래된 질문에 대한 대답은 케이블 채널만큼 수도 없이 많다(그만큼 남자란 존재는 고정된 관계를 유지하는 데 아주 취약하다). 유전적으로 성적 다양성을 추구하여 자신의 유전자를 후대에 많이 퍼트리려 한다는 변명에서부터, '남자 ××들은 원래 그래.'라는 조소 섞인 푸념에 이르기까지 많은 이유가 있겠지만, 개인적으로는 남자의 외도를 어느 정도 용인하는 사회적 분위기도 큰 몫을 한다고 본다. 여자의 바람은 안 되고 남자의 바람은 괜찮다는 모순적인 분위기 탓에 똑같이 다른 이성을 보고 호감을 느껴도, 여자들은 '아, 안 돼!'라고 생각하는 반면에 남자들은 '아, 안 되는데…….'라고 생각한다. 바람에 대한 심리적

저항력이 상대적으로 남자들에게 낮다 보니, 똑같이 연애를 해도 남자들이 다른 곳으로 시선을 돌리는 경우가 많아질 수밖에 없다(전반적인 현상을 이야기하는 것이지 남자는 바람을 피워도 괜찮다는 말이 아니다).

남자는 어떤 여자에게 넘어갈까

남자는 여자친구를 저버리고 어떤 여자에게 갈까? 여자들에게는 충격적인 이야기겠지만, 정말 아니다 싶은 유형의 여자가 아니라면 자신에게 적극적으로 대시하는 여자에게 대부분의 남자들이 무너진다. 애인 있는 모든 남자가 바람을 피운다는 소리는 아니다. 아주 다행스럽게도 여자들은 대개 남자에게 적극적으로 다가가지 않으며, 당신 남자친구처럼 평범한 사람에게는 대부분의 여자들이 손가락을 까닥거리는 경우가 드물다.

흔히 남자들이 예쁜 여자에게 넘어간다고 생각하는데 그런 경우는 드물다. 현실적으로 남자의 능력에 한계가 있기 때문에 평범한 여자를 사귀는 남자에게 머리 위로 후광이 비치는 것 같은 외모의 여자가 꼬이는 경우는 극히 드물다. 또한 남자도 조강지처 같은 애인을 아무렇지 않게 생각하는 것은 아니다. 당신보다 예쁜 여자에게 시선이 갈

수는 있지만, 당신보다 조금 더 예쁘다고 그녀에게 달려드는 일은 없다.

다만 남자가 이별을 고하고 환승을 하는 경우는 대부분 현재의 여자친구보다 더 나은 여자를 찾은 경우가 아니라 현재의 여자친구에게 불만을 품고 새로운 시작을 원하는 경우이다. 여자들은 불만이 생기면 그때마다 어떤 식으로든 남자에게 표현해서 해결하지만, 남자들은 꾹꾹 참다가 한번에 터트리면서 '이 여자와는 도저히 계속 못 사귀겠다. 다른 여자를 찾자.'라는 생각으로 환승을 한다(대부분의 경우 미리 사전작업을 해놓은 상태이다).

남자의 바람기를 잡는 가장 현명한 예방책은 무엇인가

남자들의 이런 음흉한 마음 때문에 여자들은 대화의 기술을 연마해야 한다. 당신은 뭔가 문제가 생기면 화를 내든 대화를 하든 풀려고 하지만 남자는 평소에는 말하지 않고 있다가 나중에 도저히 손 쓸 수 없을 때 결론을 내기 때문에, 여자는 특기인 공감력과 커뮤니케이션 스킬로 남자에게 어떤 불만이 있는지 파악하려고 노력해야 한다. 가장 좋은 방법은 남자도 여자처럼 툭 터놓고 이야기하는 법을 배우는 것이지만, 당신의 남자가 이 방법을 배우지 않았을 것이며 배울 생각도 없다고 장담한다.

이렇게 당신이 남자를 잘 유도해 평소에 그의 불평불만을 잘 해소하게 되면, 남자는 '내 여자친구 같은 여자는 세상에 없을 거야.'라는 착각에 빠져서 평온하게 지낼 것이다. 일단 이 정도로만 해둬도 남자는 잠깐의 실수는 저지를 수 있어도 당신이라는 블랙홀에서 절대 빠져나오지는 못할 것이다.

고등학교 동창 H군의 여자친구 R양은 더 현명한 방법을 사용했다. 그녀는 동창모임에 자주 참석해서 H군의 동창들에게 점수를 따뒀다. 그녀가 그렇게 친분을 쌓고 나니, H군이 다른 데로 눈을 돌리려고 해도 동창들은 R양의 편에 서서 H군을 뜯어말렸다. "이 미친 ××야, 네 여친이 저렇게 잘하는데 한눈 팔 생각이 나냐?"라는 말에 H군은 다른 여자와 썸을 탈 생각을 접었다.

또한 사귀는 기간이 길어지면 길어질수록 R양이 아무 말 안 해도 우리 동창들이 그녀의 마음을 대신 전해줬다. "너희 결혼 언제 할 거야?" "너 여친 생각은 안 해? 서둘러 결혼해야지." "너 그러다 좋은 여자 놓친다." 등의 말로, R양이 직접 말하지 못하는 민감한 말을 대신 해줬던 것이다. (R양 진짜 똑똑하다!)

바람기를 잡고 싶다고 남자의 휴대폰을 검사하고 매시간마다 위치를 파악하지 마라. 한 달 정도 남자친구를 꼼짝 못 하게 할 수는 있어도, 자신에게 집착하는 당신의 모습에 질려서 남자친구가 다른 여자에게로 가는 모습을 보게 될 것이다. 남자의 바람을 막고 싶은가? 그렇다면 당신과 함께 있을 때 편안함과 행복감을 느끼게 해줘라.

장난감 회사 핫 휠즈(헝가리)

자신의 매력을 절제하지 못하고
여기저기 흩뿌리고 다니는 남자친구가 걱정되는가?
그렇다면 문자 몇 통 같은 자잘한 단서는 쿨하게 눈감아주자.
남자친구가 정말 바람을 피운다면
굳이 취조하지 않아도 빼도 박도 못하는
결정적인 증거가 나타날 것이다.
그때 단호하게 대처하라.

기다리면
잡히게 되어 있다

사소한 물증은 못 본 척하라

남자친구가 잠시 자리를 비운 사이에, 그의 휴대폰 화면에 "오빠 뭐 해요?"라는 카톡 메시지가 뜬다면 당신은 어떻게 반응할까? 아마 대부분은 "이 여자 누구야?"라며 그녀에 대한 정보를 요구하거나 "요즘 여동생들과 친한가 보네."라며 슬쩍 비꼬면서 미심쩍다는 뉘앙스를 전달할 것이다. 이 정도 반응은 애교로 넘어갈 수 있다.

하지만 "왜 이 여자가 오빠한테 뭐 하냐고 물어? 여자친구 있다는 사실 말 안 했어? 당장 말해!"라며 남자를 추궁하는 경우가 있는데, 그러지 말자. 물론 그 메시지 자체가 바람의 시발점일 수도 있지만, 사소한 일로 물고 늘어지면 남자친구는 자신이 잘못했다고 생각하기보다는 당신이 별것도 아닌 일로 시비 건다고 생각할 뿐이다.

(카톡 대화창을 보면서) 현정이가 누구야?

응? 아, 걔? 대학교 후배야.

대학후배가 이 시간에 왜 연락을 해?

그걸 내가 어떻게 알아? 뭐 물어볼 게 있나 보지.

아무리 그래도 그렇지. 이 늦은 시간에 연락한다고?

뭘 그리 꼬치꼬치 물어? 별것도 아닌 일을 가지고.

그럼 내가 다른 남자에게 지금 연락해도 괜찮겠네.
별일 아니니까 말이야.

진짜 별일 아니야! 트집 좀 잡지 마. 

작은 단서는 쿨하게 눈감아 넘겨라. 정말 당신이 걱정하는 바람이라면 굳이 남자를 닦달하지 않아도 저절로 드러나기 마련이다. 이성과의 사소한 연락조차 못 견디는 여자들도 있지만, 사회생활로 인한 주변 이성과의 연락조차 용납하지 못하는 여자는 어디서도 환영받지 못한다.

당신이 발견한 단서가 사소하다면 경계태세는 한 단계 올리되 모른 척하는 게 최선이다. 남자친구가 그냥 아는 동생이라고 대꾸한다면, 당신은 의심 많은 여자친구밖에 더 되는가?

기다리면 변명할 수 없는 증거가 굴러들어온다

조금만 기다려라. 남자친구 말처럼 단순히 지인이라면, 당신이 예의주시하는 동안 다시 눈에 띌 일이 없을 것이다. 당신의 예상대로 외도의 서막이었다면 남자친구는 서서히 굵직한 단서를 부주의하게 흘리고 다닐 것이다. 예를 들어, 영화를 보자고 제안하면 남자친구가 "아, 나 그 영화 봤어."라고 하거나 대화 중에 "그런데 내가 정말 ×× 닮았어?"라고 묻거나(이성이 그렇게 말해줬을 확률이 90퍼센트) SNS에 요상한 (여자) 흔적들이 늘어나고, 아리송했던 문자 내용이 '어제 고마웠어요.' '다음에 또 봐요.' '자기 ♥' 등으로 구체화될 것이다. 바로 그때 당신이 남자친구가 반박할 수 없는 증거들을 흔들면서 그를 압박해야 한다.

짜증내거나 화내지 말고 단호한 모습으로 대처하자

중요한 것은 지금부터이다. 확실한 물증을 잡았다고 해서 무턱대고 화를 내서는 안 된다. "오빠가 나한테 어떻게 이럴 수 있어!" "이럴 거면 헤어져!" "빨리 그 여자에게 말해." 등의 말로 남자를 압박하면, 남자는 확실한 물증에도 말도 안 되는 변명으로 일관하면서 당신이 오해를 하고 있다고 설득할 것이다. 이런 실갱이가 길어지면 당신은 남자친구의 말을 안 믿어주는 여자가 될 수 있다.

당신이 충분히 화를 낼 상황이다. 하지만 남자는 당신이 과하게 추궁하고 화를 내면 오히려 자신이 화를 내며 "아! 진짜 아니라니까. 안 믿고 그래? 그럼 그냥 헤어져!"라고 돌발행동을 할 수도 있다. 그와 정말 헤어질 생각이 아니라면 현명한 대응이 필요하다.

> "확실한 물증을 잡았다고 해서 무턱대고 화를 내서는 안 된다. 남자는 당신이 과하게 추궁하고 화를 내면 오히려 자신이 화를 내면서 오리발을 내밀거나 헤어지자고 돌발행동을 할 수 있다."

무의미하게 "대체 이 여자 뭐야?"라고 따질 게 아니라, 그간 수집했던 물증을 한번에 보여준 후에 한마디만 덧붙여라. "변명은 필요 없고 알아서 해결해." 남자친구가 무수한 변명을 늘어놓겠지만, 하나 하나

반박하기보다는 무미건조한 말투로 냉랭한 기운을 내뿜어보자. "모르겠다. 일단 생각 좀 해볼게."라고. 처음에는 말도 안 되는 변명으로 상황을 무마하려던 남자친구도 "자기야, 미안해. 앞으로는 안 그럴게."라며 당신의 단호함에 무릎을 꿇을 것이다.

에필로그

상대의 의도를 파악하자

47장의 광고와 함께 상대의 긍정적인 의도를 찾는 숨은그림찾기는 어떠셨나요? 어떤 부분에서는 "아…… 그래서 상대가 그렇게 행동했던 거구나."라든가 "내가 이런 부분은 많이 잘못했구나."라는 생각이 들다가도, 또 어떤 부분은 "아니, 뭐라고? 내가 왜 거기까지 이해해야 해?"라든가 "맞는 말이기는 하지만…… 이건 좀 아니지 않나?"라고 불편하기도 했을 겁니다. 그렇다면 지금 연애에 대해 아주 중요한 사실 한 가지를 깨달은 것입니다. 바로 연애는 마냥 아름답고 순수한 것이 아니라 때로는 불편하고 불쾌할 수도 있다는 것이죠.

『미움받을 용기』에서 철학자는 청년에게 이런 조언을 합니다. "기억하게. 자네가 '타인의 기대를 만족시키기 위해 사는 것이 아니다'라고 한다면, 타인 역시 '자네의 기대를 만족시키기 위해 사는 것이 아니다'라는 걸세. 상대가 내가 원하는 대로 행동하지 않더라도 화를 내서는 안 돼. 그것이 당연하지." 우리는 각자 자신만의 이득을 위해 행동하고 생각하기 때문에 상대의 모든 것을 이해하고 받아들이기에는 한계가 있어서 갈등을 겪을 수밖에 없습니다.

최근에 파티에서 남자친구와의 문제로 하소연을 했던 Z양도 마찬가지 경우입니다. 제 이야기를 듣고 Z양은 불쾌한 표정으로 남들이 봐도 분명히 남자친구의 잘못인데 왜 자신만 노력해야 하는지 이해할 수 없다고 했습니다. 저는 차분히 그녀의 이야기를 남자친구의 입장에서 바라본 버전으로 바꿔서 이야기했습니다. 제 말을 한참 듣던 그녀는 여전히 안 좋은 표정이었지만 무슨 말인지는 알겠다고 했습니다.

그 후로 몇 주가 지나서, Z양에게 메일이 왔습니다.

"처음 바로님의 말을 듣고 솔직히 화가 났어요. 분명 말은 되지만, 그럴 거면 연애를 왜 하는지 이해가 안 되는데다 나만 노력하고 손해 보는 거라는 생각만 들었어요. 며칠 후에 남자친구와 술 문제로 또 사소한 말다툼을 벌였어요. 일주일에 두 번만 마시기로 약속했는데, 친구 핑계를 대면서 술을 더 자주 마시겠다는 거였죠. 저를 무시하나 싶기도 하고 속이 타들어갔지만 바로님 말씀을 떠올렸어요. 저는 절대 이해할 수 없지만 남자친구가 술을 자주 마시는 데는 나름의 이유가 있겠다고. 물론 그래도 화는 풀리지 않았죠. '그냥 그래! 당신이 하고 싶은 대로 하고 살아라!'라는 마음으로 그냥 알았다고 했어요.

그랬더니 남자친구가 눈치를 보면서 안 하던 연락을 자주 하더라고요. 고맙다는 말과 함께. 그렇다고 그 이후 술 마시는 횟수는 크게 줄지 않았어요. 하지만 제가 잔소리를 안 한다고 해서 술 마시는 횟수가 확 늘지도 않았고 무엇보다 이전 같은 큰 갈등은 사라졌어요."

'상대의 마음이 이러하니 당신이 다 이해해야 한다.'라든가 '좋아하는 사람이 약자니 억울해 하지 마라.'라는 말을 하고 싶은 게 아닙니다. 제가 말하고 싶은 것은, 상대의 마음이나 행동에 어떤 가치판단을 두기보다는 상대의 입장에서 그 사람의 행동에 긍정적인 의도를 찾고 그 의도를 내가 수용할지 아니면 거부할지 신중하게 생각하자는 것입니다.

47장의 광고를 보면서 혹시 불편했던 장이 있다면 그 글은 꼭 다시 읽어보세요. 그 부분이야말로 당신에게 꼭 필요한 부분일 테니까요. 불편하지만 다시 한번 읽어보면서 스스로 질문을 해보세요. "만약 내가 이런 상황에 처한다면 어떻게 해야 할까?"라고.

잊지 마세요. 모든 행동의 기저에는 긍정적인 의도가 있습니다.

연애는 광고다

1판 1쇄 인쇄 2016년 10월 19일
1판 3쇄 발행 2018년 12월 10일

지은이 여성욱
펴낸이 김영곤
펴낸곳 아르테
문학사업본부 본부장 원미선
책임편집 이승희
문학기획팀 이지혜 김지영 인수
문학마케팅팀 정유선 임동렬 조윤선 배한진
문학영업팀 권장규 오서영
홍보팀장 이혜연 **제작팀장** 이영민

출판등록 2000년 5월 6일 제406-2003-061호
주소 (우 10881) 경기도 파주시 회동길 201(문발동)
대표전화 031-955-2100 **팩스** 031-955-2151
ISBN 978-89-509-6743-7 03810
아르테는 (주)북이십일의 문학 브랜드입니다.